之所以有现在的我，
除了要感谢恩师、父母和祖先外，
还要感谢因为料理而结缘的所有人。

〔日〕辰巳芳子 著

いのちと味覚

生命与味觉

陈心慧 译

北京联合出版公司
Beijing United Publishing Co.,Ltd.

目录

第三章　培养直觉：风告诉我如何制作
美味的生火腿

第四章　"紧要关头"起身迎击：

吃牛筋和鱼骨是在巩固生命的根基

第五章 培养仁慈之心：
在汤品的热气中所看到的东西

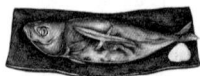

序章

现年92岁的我，
一定要让大家知道的事

2016 年 12 月，我 92 岁了。

为什么我可以活到现在呢？战争时发生了许多就算丢掉性命也不足为奇的事。在 90 发的燃烧弹中，我奇迹般地生存了下来。我在 25 岁前后曾患上肺结核，在 40 岁之后才好不容易能从床上起身。没想到，当时我手里剩下的只有料理。

老实说，我原本不喜欢料理，也不希望依靠料理为生。然而，之所以有现在的我，除了要感谢恩师、父母和祖先外，还要感谢因为料理而结缘的所有人。

很幸运地，有许多人跟我说："我是靠着那碗汤得救的。"实际上，有人仅靠糙米汤活了三年，有人因为香菇汤减轻了抗癌药物的副作用，身体得到舒缓，也有人用蔬菜汤与丈夫的胃癌抗战……原本是为了照护父亲而制作的汤品帮助了许多人，也让我活出自我。

我想在这一本小书里，写下活到92岁的我一定要让大家知道的事。

人为什么一定要吃东西？

首先让我们一起思考：

"人为什么不吃东西就活不下去？"

认为这是理所当然的人，是否仅从自身的角度来思考，而无法看到事物的本质呢？

原本不喜欢料理的我，想要朝着教育学或心理学的道路迈进，过了40岁，决定成为一名料理家，但面对每天有如重复"垒高再推倒"的厨房工作，总有一种不满足的情绪。

有时间做菜不如读本书，或是学点东西。做菜、吃饭、收拾，为了说服连用掉这点时间都感到可惜的自己，我必须找出"人为什么要吃东西"的答案。

思考到最后，我得出的结论是：

"吃东西就等同呼吸，包含在**生命的结构**之中。"

这样的想法减轻了每天料理食物时我内心的纠结。然而，我并不了解这个结构本身。虽然做的事情与"食"相关，但无法了解这个结构，心中总还是难以接受。

"吃东西"是生命的刷新

就这样过了十余年，凑巧读到一本书，让我有种豁然开朗的感觉。那就是分子生物学家福冈伸一教授的著作《已经可以放心吃牛肉了吗》。

牛本来是草食性动物，吃牧草为生，但因为人类自身的需求而被喂食肉骨粉等动物性饲料，才出现了疯牛病（BSE）。福冈教授为了追寻 BSE 问题的根源，注意到为逃离纳粹迫害而从德国前往美国的犹太裔德国科学家鲁道夫·舍恩海默（Rudolf Schoenheimer）提出的学说，即用科学分析吃东西的意义和身体的结构。

舍恩海默利用氮的重同位素（重氮）为标记，找出吃进去的东西被运到身体的什么地方，又发生了什么变化。根据他的发现，吃东西不仅为身体注入能量，**从分子层面来说，吃进去的东西还会与身体进行交换。**

只要三个月，人的身体就会替换成吃进去的东西。

这对一直希望了解生命结构的我而言，不禁有种豁然开朗的感觉，也让我放下心来。

一日三餐，一年 365 天。如果说每一餐都是生命的刷新，**那么我们就必须吃。**

这成为我每天站在厨房工作最大的鼓舞。

之后我曾多次有机会与福冈教授见面，他都用科学的解释和浅显易懂的用语告诉我"食"的本质。

舍恩海默的发现说明了食物不仅是单纯的能量来源，食物的分子甚至会逐渐变成我们身体的一部分。

多数人认为吃东西是为了补充能量，只要热量高就可以了。然而，这样的想法没有看到食物的根本。

不仅是人类，所有的生物都必须吃东西才能生存。也就是说，如果不将其他的生命当作维持自己生命的**手段之一**，就无法生存。

认识这样的法则并知晓生命的根本，想必对"食"会有不同于过去的看法。

顺应风土而食

生命借由"食"与其他生命相接。那么，我们应该怎么吃呢？答案非常简单。

让生存变得容易而食，也就是顺应风土而食。

说得更具体一点吧。你的生命与你出生的风土有着密不可分的关系。在这个风土当中，我们的祖先冒着生命危险，吃了许多东西。人类搜集并分析这个**实验**庞杂的资料，将其分类成"可以吃的东西"和"不可以吃的东西"。民族历经千辛万苦所累积的"食"，我们称之为"饮食文化"。

无论哪个民族，都有诞生于生存之道的饮食文化：

米、高汤、发酵调味料，还有就是当令食物。

如同在春天时吃春天出产的东西，有助于人体代谢一般，享用季节的恩惠和风土的慈爱，是让生存变得容易的最好方式。

食物必须美味

慢慢品尝食物，就会感受到美味，这就是经营生命的根源。这个有害、那个有养分等，人类一直以来就是如此区分食物，而区分的起点就是美味。因此无论如何，食物必须美味。

然而，现在越来越多的人吃不出味道。

担任圣路加国际医院副院长的细谷亮太医师曾说："工作越忙碌的人越没有时间料理美味的食物。吃薯片和喝可乐度日，想必这就是现实。"

有人认为，拥有过敏体质的婴儿数量之所以增加，就是因为化学调味料等添加物的副作用所致。实际上，受日本红十字看护大学之邀在公开演讲时，当我询问在座约 600 名男女听众，"自己熬高汤的人请举手"，举手的最多仅 20 人。

在世界各种汤品之中，日本高汤的熬煮方式尽管非常简单，却能够恰到好处地让血液维持在一个良好的状态。处于日本这种湿度高的地理条件中，高汤是非常重要的，但若没有自己熬煮，则不会了解其价值。听说很多人因为饮食不均衡造成锌摄取量不足，导致味觉障碍。

简单、方便的料理和饮食没有办法保护我们的生命，这想必是包括 NHK[1] 在内，所有烹饪节目面临的问题。

摄取好的食物，将会**确实转换成生命**。生命本身比你想象的要求得更高，请大家千万不要忘了这一点。

日本鳗鱼与地球暖化

然而很可惜，地球和社会环境现正在朝着不容易生存的方向前进。

---

1 日本放送协会（简称 NHK）是日本第一家根据《放送法》而成立的大众传播机构。

例如香川县伊吹岛，最近完全捕不到日本鳀鱼——美味鱼干高汤的原料，原因据说是日本鳀鱼的食物来源，植物性浮游生物大量减少。

2010 年，英国的科学杂志《自然》曾刊登一篇论文，内容提到植物性浮游生物的减少恐怕会造成海洋食物链的崩溃。植物性浮游生物现在每年减少 1%，据说比起 1950 年，总共减少了 40%。最大的原因是全球变暖。浮游生物消失，吃浮游生物为生的小鱼也随之消失，也就捕不到吃小鱼为生的中型鱼和大型鱼了。

从夏天的暑热可以感受到全球变暖的威力。日本的夏天越来越难度过。当我还是孩子时，情况并非如此，要过了 7 月中旬才会真正感受到暑热，在 8 月盂兰盆节[1]过后就会缓解很多。然而近年来，6 月 10 日左右过后就会非常炎热，而且一直持续到 9 月后。另外还有过去

1　盂兰盆节是日本仅次于新年的第二大传统节日。自飞鸟时代传入日本后，盂兰盆节主要内容从施僧演变为祭祖，最终确立了祖先信仰的主导地位。该信仰是中日传统文化交流的产物，基本内容可分为迎接祖先、祭祀祖先、欢送祖先三大部分。

不曾出现的集中性暴雨。维持与过去相同的饮食已经无法度过夏日。

一位韩国人曾经如此对我说：

"日本人的饮食顺应季节，但我们不同，我们的饮食方式是迎击季节。"

现在或许进入了不采取这种饮食方式就很难生存的时代。

贝类不再发出声响

不仅地球暖化，从贝类也可以清楚地看到海洋被污染的程度。到昭和三十年代（1955—1964 年）为止，蛤蜊的产量可谓惊人。但突然间却捕不到蛤蜊，并且再也听不到蛤蜊发出的声响。大家知道蛤蜊和蚬都会发出声响吗？蛤蜊和蚬在呼吸时会发出好像老鼠一般吱吱的可爱叫声。但最近已经听不到了。

因为贝类不会动，就算所处的海洋受到污染也束手无策。核能的问题不必多说，包括辐射在内的环境污染问题都已经很严重。吃的东西、能吃的东西、吃了也无妨的东西已经越来越少，政府却没有提出有效的应对措施。

顺便一提，对日本人而言不可或缺的大豆，自给率仅占总量的7%，除了榨油之外的食用大豆占25%；以卡路里作为单位来计算的话，粮食自给率仅为39%（2015年农林水产省数据）。

据说养一头牛需要2万吨水。如果考虑到地球逐渐沙漠化，想必接下来的时代会更加需要豆类。

不仅有环境问题，再看看每个人的生活方式，首先会发现孩子们不吃早餐，年轻人和孕妇也没有好好吃饭。还有学校的营养午餐，无论花了多少经费改善设施和设备，还是没有好好地熬煮高汤，重要的骨头成分也没有加进营养午餐内。食物距离"守护并培育生命"的根源越来越远。另外，还有一个问题，是想吃也没的吃，贫穷也是另一个严重的社会问题。

正因为现在是不容易生存的年代，才更希望大家能够好好吃东西。我希望你们能够成为过着容易生存的生活的人。

做到容易生存的五大重点

为此，下面举出五大重点。

①拥有敬畏之心

首先我想告诉大家的是拥有敬畏之心。

关于"敬畏"这个词，哲学家惊田清一先生在专栏曾引用远藤周作先生所说的"年轻人不知道敬畏与畏惧的不同"，并做了进一步的说明：

> 与其说是年轻人的问题，我认为更应该说是时代的问题。"畏惧"指的是在强大的力量面前感到胆怯、退缩；"敬畏"指的是遭遇远远凌驾于自己之上的事物而感到震撼、恐惧。人类不知道从什么时候开始，拒绝在超越自己的事物前审判自己、反省自己，也因此对自己的要求不再那么严格。[2017年2月3日《朝日新闻》朝刊（季节语录）]

词语非常重要，如果不再使用"敬畏"这个词，那么就连这个词的概念和面对态度都会失去。正如惊田先生所说，敬畏的对象是远超过自己的事物，面对的态度不是"胆怯、退缩"，而是"镇静心灵、尊敬这个事物"。现在这个时代似乎逐渐遗忘了敬畏之心，尤其是对食物的敬畏之心。

拥有敬畏之心这件事要如何与饮食和生存联结呢？第一章会有详细说明。

②磨炼感应力

容易生存和不易生存追根究底，我认为分出高下的原因在于感应力。

实际上，"感觉"和"感应"的意思不同。感觉指的是"感觉器官在被刺激后得到信息"，感应指的是"受到外界的刺激，心灵得到深刻的感动"。仅是看和听与积累感应，两者之间对于生命存在的方式大不相同。

现在的社会是否在培养感应力呢？无法感应的人，当然也无法感觉美味。

做料理的好处之一，就是能够磨炼感应力。

真的是这样吗？也许有人会质疑。其实自然而然，只要持续认真面对属于季节恩惠的食材，就能磨炼感应力。如此一来，等到要用的时候，就知道该怎么做了：也就是说，生存会变得更容易。我在东日本大地震之后对此就有着深刻的感受。然而，在现在"只讲对错"式的体制之下，很难磨炼感应力。关于这一点，第二章会有详细说明。

③培养直觉

感应力是面对外来的刺激而行动的能力，累积这样的经验，就能培养出新的能力。与其说是新的能力，更应该说好像是手脚一般的能力，也就是我们的本能。

这种感应力就是直觉。

我们会分析并将我们的感觉和经验分类，将它们收进"经验的档案"里。在面临困难和危机时，能够根据需要，瞬间从这个档案里抽出对应之策，这个能力就是直觉，也可说是"灵感"。

我的母亲辰巳滨子是个充满灵感的人，捏寿司时可以毫无困难地捏出刚好符合客人嘴巴大小的寿司；只要看到蔬菜，马上就知道蔬菜应该以什么方式被料理。

我虽然与母亲不同，但灵感偶尔也会找上门。这种感觉说不上来，但我就是知道。我也因此改善了许多事。

有一位名叫中村胜宏的厨师，在2008年洞爷湖八国集团首脑会议期间担任总主厨，现在是东京埃德蒙特大都会饭店的名誉总主厨。中村先生对我在日本制作生火腿一事赞誉有加，那是当镰仓的风轻轻拂过我的脸庞时闪过的直觉："如果是这里的话，可以做出生火腿。"

感应力的根基也许就是直觉。人生在世，如果遇到不如意的事，还是有必要依靠直觉来面对。

④紧要关头起身迎击

说到不如意，没有比战争更不如意的事，因为那会让人失去一切。失去的时候，是一口气全部失去，所有的一切。这是非常令人绝望的事，人生由此天翻地覆。此外还有国际情势的恶化、全球规模的环境问题和粮食危机。

我在 70 岁时，有感于日本当地食材逐渐消失的危机，因此创立了"传递优良食材会"。在 80 岁时，又以大豆立国为目标，发起了"大豆 100 粒运动"。

无论是个人还是国家，在紧要关头起身迎击，仅有这样的决心还不够，还必须有所准备。为了迎击紧要关头，必须从身边的食材中充分摄取足够的营养。关于这一点，留待第四章说明。

⑤培养仁慈之心

最后想告诉大家的是仁慈。大家也许会觉得这是一件很平凡的事，但最终还是要回归到这一点。

我之所以开始制作汤品，是因为我用汤品与父亲的病打交道长达 8 年，当时的经验成为了现在制作汤品的基础。我用粗纤维、不容易吞食的青菜做成汤品，这样病人就可以大量摄取营养物质。就算病人无法外出，一碗汤也可以纳入季节的香气，这不仅救了父亲，也救了我。

现在，我在教人煮汤时经常告诉大家，希望大家能够为喝汤的人着想，感受到汤品热气的另一端所蕴含的仁慈之心。仁慈的基础来自"深入生命的程度"。

关于以上五种态度，将在接下来的章节里仔细说明。

还请大家细细咀嚼我在此所说的话，还请大家为了容易生存而食，为了容易生存而生活。

因为你的生命不仅仅是你自己的。

第一章

拥有敬畏之心

懂得品尝
风土慈爱和当令美味

敬畏的根基

"为了容易生存而食"，首先请一起思考"拥有敬畏之心"。

上智大学神学部教授竹内修一先生曾引用西行法师的短歌"不知谁人在，诚惶诚恐泪满面"，来解释"敬畏"。他认为，"敬畏"指的是"面对远超过人类的力量，产生的尊敬之念"。与害怕的"畏惧"不同，是以正面肯定的态度看待"敬畏"。

我现在对逐渐失去这样的态度而感到不安。竹内教授又说，通过敬畏，人才能知本分，谨言慎行。"畏"字本身就含有"谨慎"的意思。

如果失去这样的态度，那么看到的就只有自己，就会变成个人主义，也许有一天会让我们吃大亏。

在"食"的领域里，也需要有一颗敬畏之心。

"吃东西"代表的是领受其他的生命，这一点应该是心怀敬畏的根基。不仅是肉，蛋、种子、芽、蕾等，都是**生命的前端**。吃下这些东西，代表什么意义呢？

生命借由吃或被吃与其他生命联结。思考其他的生命等同思考自己的生命。如果人失去敬畏之心，便会难以生存；看不到生命的联结，就会变成一盘散沙。

那么，到底应该对什么怀有敬畏之心呢？

我认为是风土。

我在序章中提到，让生存变得容易而食，也就是顺应风土而食。为了让大家更了解这一点，以下引用竹内教授的文章：

> 每一种风土都有各自的香气、光辉以及味道。"食"就在风土之中孕育而生。在此生活的生命，说是由风土养育也不为过。（竹内修一《生命的视角和食的定位》）

当令食材是由风土孕育而成，人也一样，两者可以说都是"风土的爱子"。

因此，两者的关系不可分离，若分离，则无法成就生命。

外甥愿意花 3000 日元吃油菜花盖饭

日本风土的特色是四季分明。日本人过去不是以春夏秋冬来区别季节的恩惠，而是参照每 10 日左右一换的"食材轮替"，这就是所谓的"旬"。在这里必须特别留意当令的野生食材和山里的食材。

例如春天是各种生命萌芽的季节，从早春的蜂斗菜花苞开始，鸭儿芹、芹菜、魁蒿、荠菜、嫁菜，直到晚春的笋子、蜂斗菜。

然而现在不仅没有当令食材，在许多人的餐桌上就连四季也消失了。超市一年到头摆放的是温室栽种的番茄、小黄瓜、莴苣以及进口的菜花。就算超市摆放着当令食材，许多人也因为不知道该怎么处理而不买，真的非常可惜。

我的外甥有一阵子寄住我家。他是所谓的"企业战士"，没日没夜地工作，每天回家累到甚至没有力气说话，经常瘫坐在沙发上。

春天的某一日，我做了油菜花盖饭给疲累没有生

放上新鲜油菜花的油菜花盖饭

气的外甥。他默默开始吃，吃到一半时突然说："阿姨，
好好吃。我愿意花 3000 日元 [1] 买这碗盖饭。"他的脸颊
明显红润起来，也恢复以往的开朗。从那天起他就好像
洪水决堤一般，滔滔不绝地诉说当天发生的事。

1　1 日元 ≈ 0.0630 人民币。（2017 年）

这个时期正准备开花的油菜花对消除疲劳非常有效，料理的方式也非常简单——在院子里种油菜花，趁着煮饭的时候摘取，把触摸时会发出啾啾声响的花茎和叶子摘下来，做成盖饭。

如果是店里卖的油菜花，那么泡水两小时左右，就可以恢复油菜花的活力。水分沥干后用布包起来，将油菜花擦干。

将油菜花放入未预热的平底锅里，淋上橄榄油后开火，加入少许盐拌炒，再依序加入酒和品质好的酱油，在锅底还留有少许酱汁时关火，连同酱汁一起放在刚煮好的白饭上。

花苞是生命的尖端，花苞含有的开花激素为人体从根基注入能量。

春盛的一个月持续吃刚摘取的花苞，既可保持元气，也能带走身体中的疲惫，当然会受到因为工作繁忙而忘了季节的人的喜爱。当令食材会让人感受到生命的活力，这就是美味的根本。

敬畏就是对季节恩惠感到慈爱的心情。这样的心情能够调整身体的结构，使生存变得更容易，更与滋养生命息息相关。

如何处理当令食材

大家不要忘记，味道的结构就是我们身体的结构。

我家的庭院种了上百种能吃的果树、野草、蔬菜，许多都是母亲种下的。避难的时候，比起人，母亲更先转移这些苗。

很久很久以前，万叶时代[1]的人之所以摘草，想必是认为自然的变化和人类的生理代谢就像车子的两个车轮，缺一不可。为了容易生存而食，必须随时判断这两个车轮是否还在。请大家不要忘记，时令是为了让人对生命怀有敬畏和慈爱之念而存在的。

处理当令食材，从开始摘取时就必须特别留意。摘

---

1 《万叶集》是日本现存最古老的和歌集。其成书时期虽不明，但一般认为是在七世纪之后，吟诵《万叶集》的七世纪后叶至八世纪后叶的一百余年，被称为万叶时代。

取之后清洗干净，泡水等待食材恢复元气之后再汆烫[1]。

同样是汆烫，有些食材只要加盐，有些要用碱水，也有些要用米糠或油，各不相同。火的大小也必须配合汆烫的方式来调整。

山形县的虾夷葱可以生吃，但快速汆烫后加橄榄油拌匀制成沙拉，美味无法取代，我在春天时每天都会吃。汆烫的程度大概是一两次呼吸的时间。当令的野生食材最需要细心处理。

我想让孩子们去摘这些野菜，切碎之后放进蘸酱里，教他们许多食用的方法，这才是真正的教育。因为日本是能够体会香气和汆烫程度的民族。

健太的挑战

我于2016年出版了《向蔬菜学习》一书。正如书中后记所写，希望大家特别注意"向蔬菜"中的"向"

---

1 汆烫，先将食材用沸水烫熟后捞出，放在盛器中，另将已调好味的、滚开的鲜汤倒入盛器内一烫即成。

字。人类有许多可以向蔬菜学习的地方。

在这本书出版后，发生了一件开心的事。我收到一位名叫健太的小学六年级男生写来的信。健太在信中写道，他在阅读这本书后试着制作书中的蒸炒高丽菜，结果非常美味。

据说是他的父亲将书放在客厅的桌子上，健太刚好看到所以试着做了这道菜。信中还写道，因为这道菜很好吃，所以他下次想挑战鸡肉松。后来刚好有机会见到健太，我问他："结果如何呢？"他回答道："手好酸。"

我的鸡肉松食谱是用鸡绞肉加上姜汁、酒、砂糖、酱油、盐，以及几乎和调味料等量的水，将所有用料拌匀后开火加热，然后用五根筷子不断拌炒，直到酱汁只剩一点点为止，因此炒出来的肉非常松软。

这样做手的确会很酸，但口感与干柴的鸡肉松完全不同，相信这一点健太也切实感受到了。用手操作、用眼睛记忆、用舌头品尝、用身体感受变化。为了节省环节和时间，一下子就将绞肉放进热的平底锅内加调味料拌炒，这样做的鸡肉松和我做的鸡肉松味道天差地别。

根据食材的不同，切实做好每一个应有的步骤，这不正是创造美味吗？

仅用脑无法培养敬畏之心，活动手脚和五感也是非常重要的事。事物可以借由与其他事物的调和而生，而人类没有事物则无法生存。由于我长年居住在山脚下，这样的感受格外深刻。我认为只要培养对事物或食材的敬畏之心，对自然和宇宙的态度也会随之改变。

不可放弃米、高汤、发酵调味料

日本有三样足以向全世界炫耀的食物：米、高汤、发酵调味料。这三样食物出自风土，是由先人的劳作和智慧孕育出的食材，无可取代。

米要选择有机无农药的，且是由可信任的生产者尽心竭力栽种出来的。我都订购由新潟县的贝沼纯先生，或由青森县的福士武造先生栽种的有机无农药米，两者所栽种的大米都有说不出的能量。稻作担负着储蓄国家水源、保护生态的重要使命。

高汤蕴含的是这个环海国家的历史。

昆布原本是北方人的食材，阿伊努人在烫青菜时会加入昆布代替盐，创造出**舒心的口感**。

另一方面，史前就已经能捕获许多鲣鱼。将吃不完的鲣鱼煮熟后放在木头上晾干，或是放在火炉旁烘干，如此一来便可以长期保存。而且因为发霉，更能提升香气与保存效果。不知何时、何人，尝试将干燥的鲣鱼削成薄片放入水里。对于先人的感谢无法言喻。

能够保存之后，掌权者便开始囤积，成为财富的象征。

有许多例子显示，日本人与鲣鱼的关系密不可分。例如自古以来，神社屋檐上都有木制的装饰，由于其形状与鲣鱼干类似，因此这种装饰又被称作鲣木。

至于昆布，根据《延喜式》的记载，自古以来就是献给宫廷的贡品。

现在好的昆布和鲣鱼干非常珍贵，而我制作的第一道高汤，就能够切实摄取昆布的营养。高级料亭大多是在短时间将昆布加热后便捞起来，但我不这么做。在熬煮第一道高汤时，我会先将昆布泡水约 1 小时，用稍强的中火，等到昆布开始晃动时再转小火。

就算昆布周围开始冒泡，昆布开始晃动，也不要加入鲣鱼片。千万不要让水沸腾，静静地一边熬煮一边品尝味道，尽量带出昆布的营养和鲜味。等到感觉时机成熟后再捞起昆布，并加入少量的水降温，再将鲣鱼片均匀放入其中，经过五次呼吸后一口气过滤。要精准判断"再煮下去就会出现昆布恼人味道"的时间点，关于这一点，下一章讨论感应力时会再提及（材料的分量请参照 193 页）。

味噌、酱油、醋、味醂等发酵调味料，是日本这个国家在温暖和湿润气候下的产物，借由添加的独特鲜味，不知道带给我们多少舒心的滋味。由于西洋没有高汤和发酵调味料，因此总会使用许多的盐和油。如果只加盐，会带给舌头不舒服的刺激，因此需要油缓解。欧洲与其相当的食材可能只有生火腿。

天然酿造的味噌和酱油越来越少。有些加了防腐剂和化学调味料等许多添加物，购买时一定要确认原材料，挑选没有多余添加物的纯正产品。关于这一点，本章最后会再说明。

引导我的两本书

稍微延伸至另一个话题，下面介绍两本救了我的书。

如本书序章中提及的，我在40岁之后好不容易脱离病床，虽说终于逐渐恢复正常生活，但回过神来才发现，眼前几乎没有剩下什么路供我选择。过去立志追求的教育学和心理学已经离我远去，唯一剩下的只有料理。

与母亲辰巳滨子不同，我原本并不喜欢料理。选择食材、购买、备料、烹调，相较于花费在这些过程的时间与劳力，吃的时间显得太少。而且，一日三餐，一年365天，我实在很难解决这样的矛盾。

"人为什么一定要吃东西？"

如果无法明白这个问题，那么不仅无法鼓励他人，自己也振奋不起来。

"吃东西就等同于呼吸，包含在生命的结构之中。"

随着这个直觉性的答案踏出迈向料理之路的第一步时，为我指引方向的是世阿弥的《风姿花传》和道元的《典座教训》。

15世纪初完成的著作《风姿花传》，是世阿弥根据自己的体验，写下的父亲观阿弥的教诲。正是能够将发出声音和活动身体做到极限的人，才能用"不空洞的辞藻"描述事物的本质。

《风姿花传》并非阐述概念或精神论，而是从"7岁的孩子应该如何练习"等具体的事情开始叙述，这也是世阿弥才可能做到的缜密架构。

"勤加练习，熟能生巧。"

在这个不动手只动口的年代，这句话依然能带给我很大的鼓励。

另一本书是《典座教训》。大家知道这是关于什么的书吗？"典座"指的是禅宗当中负责"食"之重任的僧侣。《典座教训》详细记载了典座应尽的职责。

道元是在前往中国时，遇到在僧院里晒香菇的老僧，进而意识到"典座"这个职位有多么重要。道元问老僧："比起坐禅和佛法的议论，优先准备食物有什么益处吗？"老僧大笑回答道："你还不明白什么是修行。"

不将典座——也就是料理——当作烦人的杂务，而视之为修行的"本务"，阐述用心做到"即今只今"，即是迈向开悟之道，放下自我，与事物成为一体。道元以"物我一如"的境界当作料理的本质，为有如"垒高再推倒"的厨房工作带来光明。对我而言，现在也没有失去这道光芒。

希望大家也能读一读这本书。推荐附有临济宗妙心寺派僧侣秋月龙珉解说的《解读道元禅师的典座教训》。

之后我又遇到福冈伸一教授的著作，这一点如前所述。我深深体会，宗教与科学走到最后其实是相同的道理。

厨房工作是奉养生命的工作

"食"在基督教里有着重要意义。然而，虽然基督教重视制作食物，却很少做出食物。

位于北海道的特拉皮斯特修道院是一个例外，它是天主教修道会之一，隶属严律西多会的一个修道院。

日本的特拉皮斯特修道院于1891年（明治二十四年）在函馆教区成立，并于1920年开始制作奶酪。修道院戒律以学习、尊奉和服从基督作为根本精神，认为劳作与阅读《圣经》和祈祷一样重要。在劳动中尤其重视食物的制作，遵循中世纪开始流行的法国西多会修道院的传统制造方法，制作出经乳酸菌发酵，熟成后带有独特香味的奶酪；还会制作易于消化的特拉皮斯特黄油和特拉皮斯特饼干，包括最近新研制出的特拉皮斯特冰激凌。

除此之外，1921年由羽仁元子和羽仁吉一夫妻两人共同创办的自由学园，以基督教为基础，提倡培养"真正的自由人"的一贯制教育。学生们一起耕地种植农作物，所有的午餐都由学生们轮流制作。学校的教育理念是"思考、生活、祈祷"，是一个学习烹饪，学习正确饮食的地方。

制作料理时必须心无旁骛，依循食材的特性。在制作过程中，会自然而然地达到"**自我沉静**"的状态。你会发现事物和人类是同等存在的，从而培养出敬畏之心。

正因厨房工作是对生命的体恤，同时也是在奉养生命，所以制作食物才能超越宗教，受到重视。

将欲望放在正确的方向

拥有敬畏之心不仅限于"食"。下面从更宏观的角度来探讨这个问题，还请大家品鉴。

如同竹内教授所说，敬畏就是知道谨慎，我认为也就是明确自己的态度。

从数十年前起，无论世界或日本，几乎都进入了生存不易的时代：地球大规模的环境问题、国际情势、粮食及能源危机、贫困问题、个人的精神问题……虽然在东日本大地震之前，我们就已经注意到核能问题，但实际上意外的发生，让我们的生存变得更不容易。国际情势也是一刻不容松懈。

我认为造成现在各种问题的根本在于个人、共同体以及国家**欠缺敬畏之心**，将各自的欲望放在了错误的方向上。

拥有欲望听起来有些自私，然而，拥有欲望并非坏事。问题出在将欲望放在错误的方向上。

根据竹内教授所说，当欲望达成时不仅自己感到喜悦，周围人也能感到欢欣幸福，那么这就是"共同福祉"。只要确实以获得"共同福祉"为目标，那么拥有欲望反而是件好事。

请用汉字写出"happiness"的含义。大部分的人想必都会写作"幸福"。然而，日文还有另一种写法："仕合"，代表相互事奉。竹内教授的说明如下：

"仕合"的含义深远。一个人无法成就自己

的幸福。自己的幸福是在人与人之间的共鸣、共生，或是互助的延长线上才得以产生。如果以同样的方式看待欲望，那么就是一件赋予我们充沛能量的事。

如果没有敬畏之心，就算将欲望放在正确的方向上，想必也无法达到"仕合"的境界。

"料理是人类最有创意的活动之一"

某个杂志的企划让我有机会向福冈教授和竹内教授请教。当时，福冈教授说道：

> 我们的确受到基因的制约，有时会认为基因决定了一切。然而，个体的生命并非每分每秒都不懈怠，兢兢业业只为留下子孙。……从别的角度来看，基因告诉我们"要自由"。唯一能够察觉到这一点的生物只有人类。（2009年《妇人》6月号"何谓培育生命之心2"）

听到这里，我突然感受到了希望。我虽然知道人类是自由的，但没想到连基因都追求自由，而且只有人类能察觉到这一点。

对于动物而言，为了吃、为了生存、为了繁衍后代而拼尽全力。食物都是生吃，代表着随时将生命交给自然。

只有人类会料理。也就是说，料理是仅赋予人类的自由之一；反过来说，人类能够行使的最简单自由就是制作食物。

请大家想象一下，原始人发现火旁边的水变成热水时的样子。人类最早的容器想必是贝壳，水放进贝壳里，阴错阳差地放在火上，沸腾后成为热水。想象这个经历带来的喜悦和惊奇，想必是非常纯粹的情感。我们不可忘记这样的喜悦。

学会用火的人类与其他生物不同，得到了**料理的自由**。这是一件了不起的事。因为获得这项自由，我们想尽各种办法烹煮食物，发挥我们的智慧，为品尝食物的人着想，用心料理。

竹内教授如此说道：

"速食食品没有技巧可言。我认为，料理是人类最有创意的活动之一。"

食也可以养育灵魂

之后我又有机会请教竹内教授关于"生命"的问题。请大家阅读竹内教授的著作《食与生命》中的一节。

自己的生命是依靠其他的生命得以维持，一旦忘记这一点，人类就会变得傲慢；自己的生命也维持了其他的生命，一旦忘记这一点，人类就会失去希望。因此，若我们无法事奉彼此的生命，就无法得到真正的幸福。

关于这一点，食占有特殊的位置，也就是说，食是我们滋养生命的本质。换言之，食不仅养育了我们的身体，更滋养了我们的灵魂。

（2017 年 *Croissant* 创刊 40 周年纪念特大号）

什么是"灵魂"？

据说竹内教授在大学开放校园参观时，曾如此对高中生说道：

"人类的细胞每一刻都在替换，10年前构成我们身体的细胞现在已不复存在。那么，我们不再是10年前的我们了吗？"当问到这个问题时，据说高中生们回答，就算细胞全替换，"自己"这个身份也没有改变。

过去的人们或《圣经》将这个身份称作"灵魂"，也就是最本质的自己。这既是灵魂，也是我们的生命。竹内教授认为生命等同于灵魂。

我认为，生命的目标在于将人从生物层面的人，提升至人类层面的人。这个"人"，指的是具有灵魂的人类。

我们对于能吃到由风土孕育出的当令食材，应该充满最深的感谢与敬畏。通过"食"从根本培育这样的态度，就能够成为人类层面的人，进而培育出能够以为人做事、帮助他人获得幸福的心。

值得信赖的食材的另一端

本章最后再次提到食材。

迄今为止，我已经向各位传达了许多关于优良食材的事。接下来的文章是我于 1996 年所写。

在能确定养育人类生命的食材另一端，一定存在着值得我们信任的人。

我在这里写了有关食材的解说，但我的心其实与生产食材的人相通。因为生产食材的人，他们过的是不断变化的生活，他们与自然打交道，拥有持之以恒的忍耐和努力，一刻也不得松懈。他们的人生超乎消费者的想象。

他们的劳动不是金钱可以衡量的。

因此我希望介绍与食材相关的生产者。

现在，日本粮食的自给率不到 30%。如果能真正理解纯正的食材，正确并带有感谢之心使用这些食材的人能够增加，那么必能成为改善粮食问题的基础力量。

更值得注意的是后继人才的问题。为了在

希望之中鼓励并培养后继人才，我们期望能够成为配得上优良食材的人。(《辰巳芳子推荐真正值得购买的美味》)

之后经过 20 多年，日本有关粮食的状况是否获得了改善呢？事实上，不仅没有改善，反而变得更加困难。

关于粮食，不仅要从日本国内出发，更要考虑世界粮食的现状与问题。我总感觉，无论是 TPP（跨太平洋伙伴关系协定）或日美两国的 FTA（自由贸易协定），都因过于以企业的利益和国家的经济为优先，反而逐渐失去国家一直以来累积的各种智慧。

正因为如此，更希望诸位能够培养懂得选择"必能成为养分的东西"的能力。当陷入危机时，分出人生胜负的就是这个能力。

请大家一定要直接与生产者相联。可以的话，请去参观栽种有机无农药米和蔬菜的农田、种香菇的森林、养牛的牧场、制造酱油和味噌的工厂等。另外，也请直接与生产者交流。

我所信赖的生产者，他们皆敬畏众生、风土、自然、宇宙的规律，接受食材的引导，带出食材最优质的部分。

他们直接面对生命，分享风土的恩惠，从中感受幸福，仅用食材称呼食物甚至会觉得不好意思。

我们敬畏的对象不仅限于风土。不断尝试新的方法，以期制造出优良食材的各个生产者，大家不要忘了他们的辛劳。

第二章

磨炼感应力

试着将五感
集中至手中的自然

现在，重要的是感应力

是，现在我认为最重要的能力

章中所写的内容："感觉"指的
□激得到信息"，"感应"指的是
灵得到深刻的感动"。由此可见，

物做出**回应**，才能算是真正的**感**
本的行动，也就是你的手、脚需要
两个人练传接球一样，接到球之后

□所欠缺的，想必是实践体验学习。
□感受世界，否则就像随时都能被风
任何考验。说得夸张一点，不同体验
的差距，其程度可能关乎生死。

生命与味觉

いのちと味覚

红肉鱼和白肉鱼使用不同的酱油

那么，要如何磨炼感应力呢？只是在书桌前苦读也没有用，更要随时在日常生活中使用这项能力，进而加以磨炼。下面举例说明。

大家在吃生鱼片时，会用什么酱油呢？吃红肉鱼和白肉鱼时是不是用同一种酱油？如果是的话，那么就无法磨炼感应力。

白肉鱼要用淡口酱油。我爱用大久保酿造店的"紫大尽"，大久保酿造店的酱油使用的是日本国产大豆（据说最近使用的是青森县福士武造先生种植的有机无农药大豆），加上冲绳的岛盐（shimamasu）和国产的优质小麦，水则用炭过滤，装在涂上漆的木樽里酿造。材料和制作方法都非常纯正，因此做出来的味道也很纯正。用磨好的利刀将鲷鱼、黄鸡鱼或比目鱼切成薄片，蘸一点"紫大尽"，就能带出生鱼片的鲜甜，非常美味。

红肉鱼请用较浓口的酱油，尤其是鲣鱼，如果不使用浓口的好酱油，则会输给鲣鱼自身的强烈味道。浓口

现在，重要的是感应力

在这一章，我想说的是，现在我认为最重要的能力是感应力。

什么是"感应力"？

请大家回想我在序章中所写的内容："感觉"指的是"通过感觉器官的刺激得到信息"，"感应"指的是"受到外界的刺激，心灵得到深刻的感动"。由此可见，感觉和感应是不同的。

针对感觉到的事物做出**回应**，才能算是真正的**感应**。感应力伴随着具体的行动，也就是你的手、脚需要实际行动起来。就像两个人练传接球一样，接到球之后必须再传出。

现在日本的教育所欠缺的，想必是实践体验学习。人类需要通过手脚去感受世界，否则就像随时都能被风吹倒一样，经不起任何考验。说得夸张一点，不同体验所培育出的感应力的差距，其程度可能关乎生死。

红肉鱼和白肉鱼使用不同的酱油

那么，要如何磨炼感应力呢？只是在书桌前苦读也没有用，更要随时在日常生活中使用这项能力，进而加以磨炼。下面举例说明。

大家在吃生鱼片时，会用什么酱油呢？吃红肉鱼和白肉鱼时是不是用同一种酱油？如果是的话，那么就无法磨炼感应力。

白肉鱼要用淡口酱油。我爱用大久保酿造店的"紫大尽"，大久保酿造店的酱油使用的是日本国产大豆（据说最近使用的是青森县福上武造先生种植的有机无农药大豆），加上冲绳的岛盐（shimamasu）和国产的优质小麦，水则用炭过滤，装在涂上漆的木樽里酿造。材料和制作方法都非常纯正，因此做出来的味道也很纯正。用磨好的利刀将鲷鱼、黄鸡鱼或比目鱼切成薄片，蘸一点"紫大尽"，就能带出生鱼片的鲜甜，非常美味。

红肉鱼请用较浓口的酱油，尤其是鲣鱼，如果不使用浓口的好酱油，则会输给鲣鱼自身的强烈味道。浓口酱油我选择 Higeta 酱油的"玄蕃藏",这款酱油传承了江户初期的传统制法,是一年仅酿造一次的限定版浓口酱油。

冷豆腐又如何呢?绢豆腐和木棉豆腐不可以使用同一种酱油。绢豆腐要用淡口酱油,木棉豆腐要用浓口酱油。

请大家用舌头品尝,并亲身感受为什么要这么做。

一杯茶教我们的感应力

感觉。

品尝。

之后等待我们的就是感应力。想要磨炼感应力,唯有料理。通过手中的料理,我们可以直面自然。蔬菜本身就是自然。自然就是事物的法则和秩序,料理则是直面事物的本质。

然而,事物不会说话。因此,如果不全力使用感应力,就听不到食物说:"请这样处理。"

在料理时需要"出动"五感：看材料的状态、触摸、切、翻炒时要听声音、闻气味，等到觉得大功告成之后再尝味道。

味道不是调出来的，而是**创造**出来的，这是一项很严肃的活动。

泡一杯茶也同样如此。看茶叶、闻香气、感觉热度不同的热水泡出来的茶有何不同、应该等待多久……再做出反应。茶的味道会告诉你，你的感应力程度如何。

培育出母亲感应力的河岸

下面来说一说我的母亲。母亲辰巳滨子非常擅长料理，无论是多么没有食欲的人，母亲都有办法让他们"就食"。在我与疾病斗争的15年，靠的都是母亲的料理。我与母亲一起住了约52年，从未怀疑过她做的味道。

在母亲过世前夕，她看着因为疲倦而什么都不想吃的我说道："别这样，去吃鲣鱼生鱼片配饭"，并拿了一把菜刀给我。母亲总能充分考虑对方的情绪和身体状况并随机应变，无论在什么时候，她都能充分发挥感应力去帮助别人。

母亲的感应力是如何磨炼的呢？

据说是拜母亲的祖母所赐。曾祖母在教导年纪还小的母亲如何处理各种不同的材料时，会仔细告诉她每一种材料的"规则"。

例如白萝卜。市场里有堆积如山的白萝卜。曾祖母会带着母亲前往河岸或市场，一根一根拿给她看，仔细说道："这个适合用来腌渍，这个适合炖煮。"等到果菜店出现蜜柑，曾祖母便会"开讲"，教母亲如何挑选蜜柑，哪些蜜柑适合用来招待客人，哪些蜜柑适合自己吃。果菜店的大叔也会说"吃吃看吧"，并剥下一瓣让母亲品尝。

就这样，母亲用身体切实记住了各种味道，并从小就明白，食物的味道会根据材料和用途的不同而有着微妙的不同。当然，也许她天生就有这方面的才华。

因此，母亲只要看到一根黄瓜、一条茄子，就能够知道这个食材"希望如何被料理"。她会根据食材的含水量不同、皮的硬度不同等，瞬间看到食材的本质，从而用最能发挥食材优点的方式来烹调。

我现在依然清楚记得母亲给我的建议。

"小黄瓜如果切开之后再撒盐，那么盐会过于抢味。从黄瓜又硬又苦的蒂头开始，将皮削成条纹状，均匀撒上盐之后静置七分钟，这样刚刚好。"

"小黄瓜吃的是香气。如果切成如纸一般的薄片，黄瓜自身的优点全不见了，这一点要特别注意。"

"如果是凉拌黄瓜，那么厚薄两毫米刚好。"我认为，对于如何最大限度发挥食材本身的优点，母亲在这方面可以说是天才。

每当庭院里的红枝垂樱开花时，母亲会诚挚邀请客人前来，举办握寿司大会。面对超过十位以上的客人，母亲能够轻松地握出符合每个人一口大小的寿司。

无论是凉拌黄瓜还是握寿司，母亲都有着自己的想法，母亲用她的感应力带给众人幸福。

乔·卢布松如何成为世界第一的厨师

下面再介绍另一个感应力的达人：乔·卢布松（Joel Robuchon）。

卢布松是法国料理界最有名的厨师。2013 年，他在全世界 11 个国家都有分店，其中有 4 间店铺荣获米其林三星，总共 28 颗星让他成为世界上星星总数最多的厨师。大家知道这样的卢布松是如何被培养出来的吗？

卢布松 1945 年出生于天主教家庭，12 岁进入修道院，15 岁立志做料理。在 12 岁至 15 岁的 3 年时间里，身处修道院的他，在修道院的厨房里学习烹饪，在里面渐渐长大。

而我在圣心女子学院上学时，曾近距离与修女们接触过。打扫、洗衣等与生活相关的事务都由修女们负责，她们一年到头、从早到晚尽心尽力地工作。每当傍晚我准备回家时，都会看到她们在洗衣场用洗衣板洗着堆积如山的衣服。当时还是孩子的我，总觉得非常不可思议，不明白她们为什么受得了这么繁重的工作。

多年后我才终于明白，修女的工作是"奉献"。

在培育卢布松的修道院里，想必也有许多每天做着粗重体力活的人，卢布松看着他们的身影，度过了最敏感的青春期。人们与各种各样的工作"搏斗"，努力做出正确的判断，过好每一天的日常生活。这些人的身影无疑深深烙印在卢布松的心里。

想必也是因此，他才能够拥有如此超群的感应力。

前几天，NHK 的节目介绍了卢布松工作的样子，我许久不曾见到如此优秀的料理。

他用白肉鱼制作前菜：首先将盐撒在生鱼片一般的鱼肉上，让鱼肉更紧实。他使用的是有如面粉一般细微的盐。撒上细盐静置，调味时用的则是没有经过捣碎的粗盐。卢布松说这是为了能够切实感受到盐味。就像这样，他展现了盐的两种用法。

在荷包蛋上撒盐时，他仅将磨碎的细盐撒在蛋白上，蛋黄则没有撒盐。这是因为如果将盐撒在蛋黄上，蛋黄会发生变化，外观就不美了。这是在摄影棚里拍摄的现场节目，虽然受到各种限制，但卢布松做料理没有丝毫马虎。

他为什么能够做到这种程度呢？我认为，是因为大量的练习和精准的感应力。想必这一切的基础源自他在修道院生活时每天所感受到的点点滴滴。

手术前后让细胞感到喜悦的香菇汤

曾经有人全面发挥感应力，甚至救了自己一命。

我的汤品烹饪教室里有一名学生罹患重病，必须动手术。那时候我告诉他，手术前后都要喝香菇汤。

在我教授的众多汤品中，香菇汤和糙米汤救了许多情况困难的人。香菇含有许多抗癌药物中的成分，姑且不探讨成分，只要真的饮用，就可以实际感受到身体的舒缓。

我的学生在接受手术前几日煮香菇汤喝，手术后进食的第一口也是香菇汤。她从医院打电话给我：

"老师，我感觉就连我手指的细胞都在喜悦。"

人的身体非常诚实。然而，如果没有感应力，也许就无法听到身体的声音。

我的香菇汤更接近"煎汤"。煎汤的做法有两种，分别是蒸和熬煮，我的做法是蒸。将国产的原木香菇和一等天然昆布泡水 1 小时，让食材恢复活力。随后，将泡软的香菇和昆布，与日式酸梅（有籽也没关系）一起放入容器里（稍后会把这个容器放到蒸锅中）。将泡香菇和昆布的水倒入另一口锅中加热备用。等蒸锅开始冒蒸汽之后，放入装有香菇等食材的容器，淋上加热过的香菇昆布水，盖上盖子一口气蒸 40 分钟。最后，用不织布材质的厨房纸巾过滤就完成了（材料的分量请参照193 页）。 为了在 40 分钟内蒸好，泡香菇和昆布的水一定要预先加热。放入蒸笼里的容器要有盖子。另外，蒸好之后，立刻将香菇、昆布、酸梅捞起，这是为了防止萃取的营养和鲜味又被香菇和昆布吸走。请大家特别注意以上三点。

借由蒸的工序，可以减少香菇特有的气味，不喜欢香菇的人也很好入口。不仅肝脏不好的人，对于抗癌药物副作用感到痛苦的人，也说喝了这个汤之后缓解许多。此外，香菇汤也特别推荐给繁忙的人。

香菇汤在刚蒸好的时候喝最好。如果要重新加热，直接放在炉火上会影响其风味，还请隔水加热。

把香菇汤当作养生汤享用的话，直接喝就可以了，如果是配以牛排或鳗鱼，可以加一点盐。只要喝大约一

香菇汤蒸好之后，立刻将香菇、昆布、酸梅捞起

个咖啡杯的量，就可以预防胃胀，帮助消化。夏天可以加一点吉利丁，冷却后享用；冬天则可以加一点葛根粉，在勾芡后淋在粥上也不错。

大城市的人，更要下厨

为了磨炼感应力，特别建议住在城市的人下厨。如果身旁有庭院或农田，平日里经常与自然接触，就能感受风土的变化和季节的变迁。但如果没有这样的条件，最好的办法就是下厨。在下厨时，还请选择当令蔬菜，需要注意的是，贝类和鱼也会随着季节发生变化。

我曾经随着电视节目组，去拜访住在大楼里过着忙碌生活的家庭。这个家庭里的夫妻都在工作，平时很少下厨。他们说是因为工作太忙而没有时间。

我在他们家，将大量的当季蔬菜放入蒸锅里，做了一道蒸蔬菜，放在餐桌正中央。屋里充满蔬菜甜甜的香气和热气，这对夫妻闻着香气品尝蔬菜，笑着说："真是太幸福了。"

"拥有一切不起眼的小事"就是幸福。幸福是自己创造出来的。越是住在城市的人，我越希望他们能借由下厨将自然融入生活中。

下面告诉大家蒸的技巧。不仅是香菇汤，我为了让蒸料理更简单，改良了过去的蒸锅，制作出了珐琅蒸汽调理锅"MIMOZA"。似乎许多人会用微波炉加热蔬菜，但微波加热会破坏食材的味道和营养，与使用蒸锅慢慢加热做出来的香气和味道都完全不同。

只要用"MIMOZA"蒸好红萝卜、洋葱、马铃薯、地瓜等备用，就可以运用在各式料理中。蒸的烹调技巧可以充分发挥食材原本的味道。

必须特别注意的是，不要将马铃薯、红萝卜、地瓜等食材与洋葱一起蒸。这些食材如果沾上洋葱的味道，就很难再用于制作其他料理。可以和洋葱一起蒸的是高丽菜和小芜菁。

使用盐来影响蔬菜也是一件重要的事，根据蔬菜的性质，选择浸泡盐水或撒盐备用。盐可以减轻蔬菜的涩味，为料理的味道打底。

"MIMOZA"包括外侧的蒸锅和放入蒸锅内的有盖容器

　　就算是小孩，只要吃一口当令的红萝卜或洋葱，应该就可以感受到，"哇，这个红萝卜好甜喔！""真的是洋葱吗？跟以前的洋葱不一样。"……感应力就是从这些地方开始磨炼的。

　　餐桌上准备顺应风土的天然食物，同时也能发掘真正的自己和身处于自然当中的自己。

　　不要因为住在城市就感到满足。请大家务必思考由于住在城市而失去的东西，并以行动做出补偿。

拌炒磨炼感应力：糙米汤①

话虽如此，但并不意味着只要下厨就可以磨炼感应力。母亲经常说："不可不用心。"就算做同样的事，有没有"心"，磨炼出的感性和感应力程度完全不同。为了品尝美味食物的本质，应该做的事必须做到。不偷懒，切实做好每一件事，培育出的不仅是美味，更是自己的感应力。

到底应该如何使用感应力呢？以下以糙米汤为例，具体说明。

相对于之前所述的蒸香菇汤，糙米汤属于熬煮的汤。这是处在生命末期，吃不下任何东西的人也可以品尝的汤品。为防不时之需，希望大家都能学会如何制作。

想做糙米汤，首先要准备有机无农药的糙米。糙米汤是熬煮糙米而成的汤品。如果使用有农药的米熬煮，就等于在喝农药。

如同第一章所说，我使用的是青森县福士先生栽种

糙米汤

的米。福士先生使用地下灌溉法，将"古代米"和其他数种米混合后直接播种培育而成。种出来的米拥有生命力，最适合生命力减弱的人食用。

买到糙米之后，从前一晚就要开始做准备工作。糙米洗净后泡水 40 分钟，将水沥干后静置一晚。若将糙米泡水 40 分钟、白米泡水 35 分钟，米中的淀粉就会受到水的影响而膨胀。静置一晚是为了让水分渗透至米芯。

拌炒吸满水分的糙米，这个步骤最重要。也请仔细挑选炒锅，最好使用铁或厚铝制成的平底锅拌炒。我使用的是中尾铝制作所的"PROKING"外轮锅，直径24厘米。

一开始用大火拌炒糙米，目的是为了用大火刺激糙米。如果最大火力是10，那么用中火5来拌炒。

木铲一定要垂直触碰锅底，均匀炒动糙米。从右到左，再从左到右；从前到后，再从后到前。不要随意拌炒，这里需要发挥的就是感应力。

勤加练习，熟能生巧：糙米汤②

前后左右移动木铲，没有多余的动作，这一点在拌炒汤料时也一样。就算是蔬菜也不希望一直被触摸或是被粗暴对待。

我在很小的时候就对这一点深有体会。当时家里有多位帮佣，在帮我洗澡时，每个人的擦澡方式都不同。以为会从左边开始擦，结果从右边开始；以为要回到左边，结果毛巾又跑到没有预想到的地方，实在是不太舒服。

然而母亲在搓澡时没有多余的动作，从右到左，再从左到右，非常有节奏地移动毛巾，帮我清洗全身，让我感到非常舒服。

我将当时的感受应用在料理上。就算是蔬菜也一样，如果能让蔬菜觉得舒服，想必更能将美味发挥到极致。

为了让每一粒糙米都能够均匀受热，木铲移动的动向就非常重要：维持一定的节奏，去掉多余的动作。请大家多练习几次，如上一章介绍世阿弥所说的"勤加练习，熟能生巧"。

拌炒这个动作看似不起眼，然而运用感应力或不用心地随意拌炒，结果完全不同。请大家拌炒时务必集中精神。分三段逐渐加强火力，如此一来饱含水分的糙米就会从米芯开始膨胀。

在这个过程中，糙米会逐渐散发出香气，发出噼啪、噼啪的声音。这时就可以转小火，如果最大火力是 10，那么可以将刚才的中火 5 转到小火 3 或 4。到这时，拌炒的工序也进入了最后阶段。这时请拿一点糙米试吃看看，如果酥脆但吃不到米芯，且散发柔和的香气，那就完成了。

将炒好的米摊开放置在纸上，糙米的颜色应该是漂亮的小麦色。拌炒糙米的时间会随着糙米的材质和拌炒时的季节、天气有所不同，无法一言以蔽之，但大约需要 20 至 25 分钟的时间——需要特别注意的是，如果时间过久，米就有可能爆裂。

品尝应该丢弃的东西：糙米汤③

糙米炒好之后，取一些糙米、昆布和日式酸梅一起加水慢慢熬煮。由于加了酸梅，不要使用金属锅。我使用的是请野田珐琅专门为糙米汤打造的锅子（材料的分量请参照 194 页）。

将装有材料的锅子放在燃气炉上，开中火熬煮。等到沸腾之后将火关小，盖上盖子留一点缝隙，调整火力让里面的糙米汤可以充分流动。

沸腾 30 分钟后，可以尝一下锅中糙米的味道。尝的不是汤，而是之后不会食用的糙米。

品尝应该丢弃的东西，从而判断留下的东西的价值。

这与心灵的修行相同。需要细细品尝的不是留在心里的东西，而是应丢弃的东西，进而做出判断。判断的不是什么该留，而是什么该舍。借由舍弃的东西决定留下的东西的价值。

等到觉得已经完成之后就可以关火。如果熬煮时间过长，就会熬出糙米的涩味。如何判断时机，也与感应力有关。

关火后立刻过滤，将汤放入其他容器。

糙米的清香和味道，再加上昆布和酸梅增添的淡淡风味，清爽的滋味无论是谁都可以品尝，对小孩直到年长者都有益处，尤其可以缓解病人的病痛，从而安抚心情。

"我虽然喝过许多汤，但你的汤最美味。"这是尝遍各种奢华美味的人对我说的话。

拌炒糙米的时间是祈祷的时候：糙米汤④

炒好的糙米容易氧化，只能保存 4 到 5 日，因此需要经常拌炒。请大家持续磨炼自己的专注力和感应力。

汤里剩下的糙米该怎么办呢？想必有人会烤糙米面包，但我会用葛根粉和糙米勾一层薄芡的粥。锅里放入第一道高汤和剩下的糙米开火加热，再用盐和酱油调味，最后用葛根粉勾芡。这是一道适合与喝糙米汤的人分享的料理。

我知道有人仅靠这个糙米汤就延续了 3 年的生命，每天喝 4 杯糙米汤取代茶即可。有一位长期疗养的病人，多年以来一直靠泻药排便，但喝了糙米汤之后变得能够自然排便。

迈向死亡的人，细胞的活力会逐渐衰弱。这个汤只加了糙米、昆布、酸梅，是所谓的"减法"汤，是一道衰弱的细胞也能够吸收的汤。因此，无论是刚出生的婴儿，还是正在迈向死亡的老人，所有人都可以喝。

我听看护说，即将走到生命尽头的人最后会想吃冰块。不仅是这道糙米汤、蔬菜汤、玉露绿茶、煎茶都可以制成冰块。放入制冰盒里，取适当的大小让病人含在嘴里。冰块会在舌尖上慢慢融化，不用担心一次吃进太多的东西而呛到。请大家务必记住这个方法。

认真做好不起眼的事：小鱼干高汤①

认真做好乍看之下不起眼的事，这是我在汤品烹饪教室里反复强调的一点。汤品烹饪教室里教授的不仅是汤品，更是如何生存。

为了不违背自然，必须仔细做好不起眼的事，如此才能更容易生存。与拌炒糙米相同，处理小鱼干也是不能偷懒的重要工作。

要选择有光泽，以及鱼肚或鱼身没有破裂的优质小

分开拌炒去除鱼鳃的鱼头（上）和去除内脏的鱼身（下）

鱼干。我爱用香川县伊吹岛的小鱼干，但这里的小鱼干捕获量连年减少，这点让人遗憾。

处理小鱼干的方法决定其味道。首先用手将鱼头拧下，和鱼身分开。鱼头和鱼身分开后，去除鱼鳃。鱼身的部分则压住鱼肚，纵切一分为二，去除内脏。分开拌炒鱼头和鱼身。

为什么要拌炒呢？那是为了去除小鱼干的腥味。就算同样是小鱼干，炒过和没炒过的料理方法完全不同，也就是去除腥味的方式不同。拌炒是一件非常不可思议的事，不知道该怎么使用的食材，大部分只要经过拌炒，都会变得可用。在做鲣鱼松的时候也一样，只要稍微拌炒一下，就不会有腥味。

为什么鱼头和鱼身要分开拌炒呢？那是因为鱼头和鱼身受热的方式不同。使用没有放油的平底锅，开稍大的中火拌炒，等到鱼身稍微上色之后转小火，继续拌炒20分钟。鱼头用小火，不要过度翻动，一边确认锅子的热度一边拌炒。

持续拌炒直到鱼头和鱼身都变得酥脆，独特的腥味消失，转变成香气为止。将鱼头和鱼身一起放入研钵，用研杵捣成粗的粉末。保留些许原形更容易出味。

将粉末放入瓶中保存。如果想要长期保存，建议冷冻。也可用果汁机代替研钵。

熬煮小鱼干高汤与上进心有关：
小鱼干高汤②

以上内容是熬煮小鱼干高汤的事前准备工作。

熬高汤时也要使用两只锅，一只锅放入小鱼干粉末，另一只锅放入昆布和干香菇，两者皆加水静置1小时。关于水量分配的比例，放入小鱼干粉末的锅子放水量较少，约占30%，昆布和干香菇的锅子放水量约占70%（材料的分量请参照194页）。两只锅同时开小火加热。

在两只锅都快要沸腾时，保持这个状态2到3分钟。用不织布（无纺布）材质的厨房纸巾铺在沥水篮里，将小鱼干高汤过滤到已经加入昆布和干香菇的锅子

左边的锅子放入小鱼干粉末，右边的锅子放入昆布和干香菇

里。尽量避免高汤煮滚，把高汤煮滚没有任何好处，只会释放出不好的成分而已。

　　加入小鱼干高汤后开火保持沸腾前的状态，继续加热数分钟。这时尝尝味道，觉得高汤已经充分出味即可关火，取出昆布和香菇。最后再过滤一次，小鱼干高汤就完成了。

　　为什么除了小鱼干之外还要加昆布和香菇呢？这是

因为昆布可以聚集浮渣，香菇则可以消除肉类和鱼贝类的异味，不仅增加营养，也更加美味。

这道小鱼干高汤使用起来非常方便，可以用来制作除了清汤之外的味噌汤、根茎蔬菜汤、炖煮类菜肴、酱汁等，增添糙米汤所没有的活力。

你是不是觉得麻烦呢？

确实，能否将不得不做的事做到最好，与你的上进心有关，跨越这道门槛就是**人生的滋味**。只要持续坚持，反而会感到不做就觉得全身不对劲。

等到不费力地就完成这些事之后，想必感应力经过一定程度的磨炼，能够分辨出所有事物的善与恶，从而可以让善的事情更好，并且尽量压制恶的事情，所以凡事亲力亲为势必会有收获。

通过吃东西磨炼感应力，能更敏锐地感知世间所有的事情——也就是说，会变得容易生存。

究竟是善是恶？是真是假？无法做出判断而只是在"这样好吗"的迷惘中生存，是最大的错事。

培养感应力的"大豆100粒运动"

我们的教育是怎样的呢？能否培养出学生的感应力呢？我认为没有。学校往往在学生实际感受之前就会告诉他们正确答案，要他们去背只有正确答案的选择题。在这样的教育之下，无法培养孩子的感应力。

下面介绍"大豆100粒运动"。这是我于2003年呼吁，翌年4月开始实施的活动。

作为课程的一部分，我在活动的最开始邀请长野县的小学生播种下约百粒的大豆，让他们观察大豆的成长过程，并在收获之后品尝大豆。到了第13年的2016年，在神奈川、长野、北海道、东京等地，共有400所学校，合计25000多名小学生播种了大豆。

之后再说明这个活动的目的，这个活动对孩子们的教育效果包括了培育感应力和自觉性。

对于孩子们而言，观察动物和昆虫等会动的东西想必很容易。然而，植物既不会动也不会发出声音，必须用自己的心和脑仔细观察才能发现其变化。

学童们播种不会说话的大豆，观察并记录其生长，收获之后大家一起品尝。在这个过程中所磨炼的感应力和自觉性是无可取代的。

大豆不停在变化，盛夏时长到和孩子们差不多高，等到吹起秋风后停止生长，到了十月之后，叶子和茎都会发黑。孩子们看到后很吃惊，哭着说："大豆死掉了。"

据说老师在课堂上以此为主题，和孩子们一起思考什么是生命。

我认为现在的教育缺少的就是这一点。

"你有什么想法""你感受到了什么"……老师或家长必须经常问孩子这样的问题。如果孩子回答"不喜欢"或是"好可怜"，抑或是"真有趣"，那么接下来就要让孩子以这样的感觉为基础，思考下一步应该采取什么样的行动，如此便能培养出孩子的感应力。

不试味道就像只给看乐谱却不给听演奏

我在汤品烹饪教室最重视的是，无论是哪一间教室，一定要让学生试吃。

镰仓教室大约有50名学生，在厨房做料理非常辛苦。但如果不让学生试吃品尝，则无法传达食物的本质。

我听说某所知名的烹饪学校仅仔细教导制作方式，但没有让学生试吃。这就好像仅让听众看乐谱却不让他们听演奏一样。

音乐和料理非常相似。

就算只有一次，实际听过或没听过大不相同，仅看乐谱无法培养感应力。

使用五感品尝食物，思考到底是什么样的味道，并切实记住。重复这样的过程，渐渐地**只要闻气味就可以知道味道**。不仅气味，只要听到厨房里传出的菜刀声，就可以大致感受："啊，今天的料理感觉会很好吃。"

用好的下酒菜培育感应力

下面再介绍一个磨炼感应力的方法。

下酒菜。

不知道大家吃什么下酒菜？下酒菜可是非常重要呢。我认为上班族之所以无法磨炼感应力，原因之一是酒馆的实力不足。最近酒馆都没有做出细腻、真诚的下酒菜。

母亲从来不曾在父亲回家时仅端饭上桌，至少也会准备三道下酒菜。母亲的书里写下了凉拌粗根鸭儿芹的做法，请大家一读。

在滚烫的热水里加一撮盐，随后放入鸭儿芹，过水从右到左涮一遍，千万不可以在滚烫的热水中煮。我每次都觉得既有趣又不可思议，只有粗根的鸭儿芹在放入热水之后会发出噼里噼里的响声。也许是因为突然受热，茎节与茎节之间的空气膨胀破裂，才会发出这样的声音。

鸭儿芹烫好之后立即放到冰水里降温，直

到在冰水里降至室温为止。

将鸭儿芹从水里取出，切成2厘米长的小段，**适度**挤干水分。这个"适度"的拿捏非常困难，也就是说，如果水分挤得不够干，浸泡到高汤里之后，会变得水水的；如果水分挤得过干，纤维就会变得粗粗的，鸭儿芹的香气和叶茎的口感也都消失了。所以说鸭儿芹的成败关键就取决于**适度**的挤水。这道功夫决定着味道的根本，既是最重要的基本功，也是美味的秘诀。

淋上用等量的酒和酱油调制的酱汁，再撒上花柴鱼片就可以准备装盘了。鸭儿芹的气息与酒的香气完美交融，可说是春天的极品菜肴。

（辰巳滨子《料理岁时记》）

如何？大家是否吃过以这种方式料理的鸭儿芹呢？另外，我希望大家细细品味的一件事，是从文章中可以看出的母亲的感应力。母亲在进入夏天时，会端出放在刨冰上的盐渍茄子，非常美味。如果有芝士的话，就可以开心地喝啤酒了。父亲每次都舒服地喝着酒品尝。

之前我去北海道时，有个地方的渔场制作盐辛[1]贩卖，其中一样是鲑鱼盐辛"Mehun"。在国境的最北端，没有其他东西可卖了吗？我突然灵机一动，买回去均匀地涂在梅尔巴吐司脆片上，结果许多人称赞与威士忌非常搭配。

梅尔巴吐司脆片是将熔化的奶油或橄榄油涂在切成薄片的法国面包上，用烤箱烤至上色为止。一次多做几片放进瓶子里，每天都能享用。正因为有对这个味道的记忆，在看到鲑鱼盐辛时才能立刻想起。涂的时候首先将橄榄油和切片的大蒜放入小锅，开火加热，让橄榄油吸收大蒜的香气。再加入"Mehun"拌炒，淋上白酒就完成了，之后把这个涂在梅尔巴吐司脆片上。

红烧腌萝卜也是一道美味的下酒菜，但已经被遗忘在角落里了，最近不管去哪里都看不到这道菜。

将腌萝卜切成薄片后泡水，适度去除腌萝卜特殊的味道，但不能过头。水煮腌萝卜至尚存稍许口感，在水

---

1 鱼肉和内脏一起腌渍的发酵食品。

中用手握住挤出水分，排好放在锅里。准备另一口锅，以水1、酒1、酱油0.5的比例调和，再加入红辣椒、日式酸梅，煮沸后倒进放腌萝卜的锅里炖煮就完成了。煮好的萝卜口感特殊，适合用来蒸饭或做成什锦饭，放入冰箱冷藏也很美味。

"多花点钱在下酒菜上也无妨。要多培养才学。"这是母亲的口头禅。

如果想吃到美味的下酒菜，首先就要运用五感品尝。之后找出做法，分析为什么好吃，请务必学会如何制作。用这种方式磨炼出的感应力，会让你渐渐成为更容易生存的人。

在祖父膝上记住的熟悉的味道

我是在祖父的膝上记住下酒菜的味道的。祖父喂我吃了各种下酒菜，他最喜欢看我吃完之后吓一跳的样子。

那时候，我最喜欢坐在祖父的膝上，在他的教导下，我学会了看时钟，也记住了小鸟的法文名称。不仅如此，我还记住了乌鱼子、海员肠[1]等**熟悉的味道**。我虽然不太会喝酒，但直到现在偶尔还会想出适合配酒的菜肴，想必是因为我对下酒菜的味道非常熟悉。

祖父辰巳一是日本最初的"军舰制造者"，出生于金泽。由于当时加贺的藩主前田家财政宽裕，加贺藩聘请了外国顾问，有些学校还会教授外语，所以祖父决定上学，从七八岁时开始学法文。

在明治维新时期，对迈向文明开化的日本而言，最重要的尖端技术就是造船技术。

幕府于横须贺成立制铁厂，又在那里设立了"迫船黉舍"（造船学校）。当时教授造船技术的是法国人，据说直接用法文教授巴黎综合理工学院（法国培养公务技术人员的理工科大学）的教育课程。

在金泽学习法文的祖父，13岁时从金泽前往位于横须贺的学校，习得科学技术的基础知识。明治十年

1　海参内脏的腌渍物。

（1877 年），祖父奉官命前往法国学习近代造船学，成为日本第一位拥有尖端技术的人。

祖父于 1931 年（昭和六年）过世，终年 74 岁。当时六七岁的我，仿佛世上再无自己的容身之处般失落。

幼时的我每天去祖父家吃熟悉的味道、祖父给我看的法国制美丽桌布和玻璃盒等，这些都成为我的核心感应力。

爱要通过行动

本章一开始说到感应力就好像练传接球一样，接到球之后必须再传出。而竹内教授也曾如此说道：

"感应的'应'指的是具体的行为表现，需要的是具有真心或者爱的具体表现。我认为，料理的时候也需要同样的功夫。"

无论是丈夫妻子、父母子女、兄弟姐妹，为对方着想不是只要想就可以了。如果没有通过具体的行为表现，就称不上是爱。不是只说我爱你就可以培育爱，没有那么简单。爱存在于人与人"之间"，而不是"当中"。

关于这一点，等最后一章再仔细探讨。

第三章

培养直觉

风告诉我
如何制作美味的生火腿

突发奇想和灵感的不同

为了"让生存变得更容易"，在感应力之后需要具备的是直觉，也可说是灵感。

灵感和突发奇想不同。突发奇想出自经验和知识不足的人，就好像是一缸满了的水，如果溢出来只会带来麻烦。

另一方面，灵感指的是累积感应力，并经过大量的练习后才能具备的能力，就好像清水一般，特质近似于通过地壳的水。

虽说需要大量的练习，但不是只要**单纯**练习就能拥有直觉，重点在于分析。

将你的经历，以及对事物的见闻和感受，充分使用所累积的感应力一点一滴去进行分析与分类，并当作资料收藏在你的大脑中。在往后的人生中，不断充实这些"经验档案"，需要的时候可以立刻拿出来用。这就是直觉。

当吃到美味的东西时，能够将这个美味的记忆收进"经验档案"中的人，必是经常思考为何会感觉美味——不是仅仅感觉到美味，而是系统地去思考，并找出答案。同时，如果发现自己哪里有错，能够放下己见立刻修正，这种人拥有的"经验档案"，一定会对其他人有所助益。

富有灵感的人：辰巳滨子

母亲辰巳滨子不仅具备感应力，她也用直觉帮助了许多人。战争中真的没有东西可以吃，母亲每天思考要如何喂饱家里的人，过着真正意义上的拼命生活。

我印象深刻的是法式乡村面包。我在其他的著作中也提过这件事，这是发挥直觉的最佳例子，容我在此再介绍一次。

母亲从未见过，甚至从未听说过什么是法式乡村面包，但她在爱知县乡下避难时，经常烘烤这种面包。

法式乡村面包救了许多人的命。尤其是在遭遇空袭时，在防空洞里只要我们家有烤的直径27厘米、高7厘米的法式乡村面包就会感到安心，一点一点慢慢吃，抵挡饥饿。

母亲是如何制作这款面包的呢？首先她把自己栽种的小麦拿到卖马粮的商店，请他们磨成粉。商店只知道如何磨马的饲料，因此磨出来的是粗的全麦面粉。母亲确认面粉的触感，思考之后决定加入盐和油，反复揉面，再加水和发酵粉，最后用铁锅烘烤。用这种方式做出来的就是法式乡村面包。

母亲还做了盐腌牛肉。从黑市买来牛肉块，用平常的锅做成烤牛肉。烤好之后挂在水井上风干，重复这两个步骤，烤牛肉的口感就会慢慢变成盐腌牛肉。将盐腌牛肉撕成细丝，与蔬菜拌匀后食用。不仅自己家人吃，也能分享给一起避难的农家人。

大家都很高兴地说道："过去夏天在田里锄草的时候，都从未像现在这般有精神。"

无论是盐腌牛肉还是法式乡村面包，母亲既不是从烹饪书上学会的，也没有人教过她。但由于母亲拥有许多"经验档案"，因此无论是面粉还是牛肉，凭直觉就能知道怎样处理最适当。

理论是经验档案的佐证：炸新马铃薯

母亲还制作了许多从未有人尝试过的独创料理。其中，我和弟弟们特别喜欢的是炸新马铃薯。

将刚收成、圆滚滚好像弹珠一般的马铃薯不裹粉直接放入油锅里，放上落盖[1]后油炸。时不时掀开盖子将马铃薯翻面，马铃薯就会慢慢上色，等到马铃薯呈现出美丽的小麦色时，用竹签确认是否炸透，再一口气将马铃薯全部从油锅里捞起。将油沥干，再用纸吸油，撒上盐和黑胡椒粉，再削一点芝士就完成了。"来吧，请慢慢享用。"

刚炸好的马铃薯口感非常好，里面松松软软，热乎乎的。我们姐弟欢天喜地，对母亲的新作品满意得不得了。

在油炸食品只有天妇罗和炸蔬菜的年代，没有人教母亲，也不知道她是如何想到这种做法的。这道炸马铃

1　略小于锅子的盖子。

薯的前提是新马铃薯水分较多，能保证新马铃薯在快焦之前熟透，而且新马铃薯的皮薄，可以代替面粉防止油的渗透。

但母亲似乎不是一开始就理解这样的理论。下面引用母亲写的一段文章：

> 开始持家之后，我不禁思考有没有什么办法可以善用经济混乱期的杂质油。我在蔬果店看到许多放在盘子里的小马铃薯，一盘卖10钱。我买回来后将马铃薯洗干净，试着连皮放入杂质油里炸，没想到还不错。炸过几次天妇罗或其他炸物的杂质油，通过马铃薯皮渐渐渗进马铃薯，些许的异味也还可以接受。因此我经常用炸马铃薯来做孩子们下午的点心，帮了我很大的忙。
>
> （《新版　我传给女儿的美味》）

这段故事还有后续。在战时的避难地，农家给了我们许多用来喂牛和猪的小颗马铃薯。由于这些马铃薯非常漂亮，母亲决定用大锅油炸，这也受到大家的好评。结果好多袋原本要喂牛的新马铃薯，都被大家炸来吃了。

母亲如此写道：

> 我把牛的粮食变成人的粮食，为了弥补粮食的缺口，只好把牛带到草原，让牛吃青草。

（出处同前文）

正因为母亲充分了解新马铃薯的特性和油的性质，就算没人教她，也能出现这样的**灵感**。理论是"经验档案"的佐证。正因为母亲真正了解了事物的本质，与料理相关的各种"经验档案"都融入到她所有的感受之中，因此才能做到。

用最少的努力获得最大的成果：蒸煮沙拉

下面介绍另一道母亲发挥直觉制作出的料理：蒸煮沙拉。这也是因为需要而诞生的料理之一。

在暑假期间，母亲成为我们姐弟的老师。每天早上，我们将书桌排在母亲的面前读书。

快接近午饭时间，母亲就会去厨房，弟弟们总是趁这个时候逃跑。母亲为了看住他们，不让他们逃跑，便将所有夏天的蔬菜都放进一只锅里，用中火蒸煮。如此一来，就算不去厨房，蔬菜也在不知不觉中就蒸煮好了。

这就是蒸煮沙拉。

直径24厘米的锅里排满了各种蔬菜，不另外加水，加入培根和番茄后放入烤箱慢慢蒸煮，完成后连同锅子一起端上桌。大人吃的时候会搭配烤得酥脆的法国面包和冰凉的葡萄酒，再配一点芝士，味道恰到好处。

蒸煮沙拉的食材包括小洋葱、马铃薯、红萝卜、西芹、黄瓜、茄子、四季豆、高丽菜、青椒等。放点西葫芦也不错。无须一定要放什么蔬菜，考虑配色和味道选择蔬菜即可。白扁豆等豆类也很合适。调味料包括培根（盐腌猪肉或香肠也可以）、橄榄油、大蒜、番茄、盐。

由于是多种食材放进一口大锅里蒸煮，为了避免变成大杂烩，食材放入锅里的顺序和时机就非常重要。直径 3 到 4 厘米的小洋葱不用切，其他的食材则配合小洋葱的大小切块。马铃薯和红萝卜事先用水煮熟，其他的蔬菜则是生的状态。不要忘记先用盐去除茄子的涩味。

锅里放入蔬菜、大蒜、番茄，上面淋上橄榄油，撒少许盐，再放上培根或盐腌猪肉，接下来就交给温度调至 180℃的烤箱。

完成后放在餐桌中间，"想吃多少拿多少"。冷却之后也很美味，这一料理可以说是用最少的劳动力换取最大的成果。

母亲拥有丰富的料理相关知识和大量的练习，她不是突发奇想，而是根据灵感制作出新的料理。

有一次，加拿大的法裔神父来我们家做客。刚好是午饭时间，母亲端出了这道蒸煮沙拉，神父尝后说道："啊，真令人怀念。"神父的母亲去教堂之前会将类似于蒸煮沙拉的菜肴放入烤箱，回来之后马上就可以吃。对神父而言，这是周日的飨宴。

母亲听完之后流下泪来。原来世界上所有的母亲想的都一样。

使用多种蔬菜，不花费太多工夫就可以烹煮出温暖好消化的料理，这道菜也很适合游完泳后肚子着凉的孩子享用，非常受欢迎。

参考外国文化就容易突破瓶颈

听到我是辰巳滨子的女儿，也许很多人会认为我一定向母亲学了许多烹饪的技巧。事实上并非如此。比起技巧，母亲教我更多的是**道理**。例如烤海苔时只要烤四个角，中间自然就会熟；煮豆子时要在炭上加灰；烤鱼干的时候要开大火，离火远一点烤等。

母亲天生就非常擅长烹饪。"这么长时间在一起相处，一起吃，一起看，如果这样还需要教才会，那还不如不要当人。"母亲如此说着，不肯教我烹饪技巧，更别说教我怎么发挥灵感了。

就算如此，仍经常有人问我："辰巳女士，您怎么会有这样的灵感？"我总会回答，那是因为我们母女二人一起走在同一条道路上。此外，与外国文化的接触也是一个重要的因素。

我最早去的是意大利。《妇人之友》杂志社的人要去罗马学习，我也和他们一同前往。当时是 1960 年，乘坐的还是螺旋桨飞机。我们在意大利停留了 40 到 50 天，我当时 42 岁。

为什么我要一同前往呢？与其说是想看看意大利的料理，我更想知道米开朗基罗是怎么一个人创作出那么多作品的。我想知道，他到底吃了什么？到底什么是他的能量来源？

我得到的答案是小牛骨。西洋的汤称作"fond de veau"，基本上就是以小牛骨熬制的高汤。无论是什么菜肴，就连煮青菜也会加一点小牛骨高汤，而且每天都会用到。我认为这是能量的重要来源。

不仅如此，我在意大利还感受到了外国文化的有趣之处：民族的历史与智慧。无论好坏，对**事物**的看法和处理方式都与日本不同。

第一次在意大利人的家里吃意式面疙瘩的时候，我心想："糟了。""原来这就是不懂外国文化。"从而被唤起了战时争夺食物的悲惨记忆。

面疙瘩使用的材料，我们在战时也可以找到。唯一没有的是芝士，马铃薯、洋葱、番茄都可以找到。如果当时知道意式番茄红酱（salsa pomodoro）的做法，马铃薯或茄子不知道会变得有多好吃。一想到因为无知而忍受多年，就觉得非常不甘心。

仅短视地看着眼前的东西，势必就无法发现更重要的事。必须用与平常不同的视角，从更远的角度看待事物。

我从当时的经验中学到，从不同的角度可以看到事物的本质。我的"经验档案"就是这样自然而然地累积出来的。

用意式蔬菜汤的做法制作日式根茎蔬菜汤

说到我学会的意大利家常菜，那就是蔬菜汤（minestrone），尤其是蒸炒的技巧有助于我之后改善许多其他的料理。

善用橄榄油收敛洋葱、红萝卜、芹菜、马铃薯、番茄的苦涩味，就像**让蔬菜出汗一样**，依序拌炒。加入汤的时候几乎所有的蔬菜都已经熟了，因此蔬菜的味道不会互相影响。

我认为这个诞生于意大利家庭的制作方式非常优秀，于是灵机一动，不知道用这样的手法制作日式根茎蔬菜汤会如何？

母亲是忠实的国粹主义者，但在吃到以蒸煮的手法制成的根茎蔬菜汤时大吃一惊。母亲非常高兴，说道："以后我们家的根茎蔬菜汤都要这么做！"这道菜立刻加入到每天的菜色当中。

根茎蔬菜汤与蒸煮蔬菜相同，都是源自大地的食物。材料包括白萝卜、红萝卜、牛蒡、莲藕、毛芋、蒟蒻、香菇等，这些食材都是药食同源。做汤时还要再加上高汤和豆腐。

我们的祖先将避秋寒、为严冬做准备所需要的东西都集中在这道汤里。希望不要嫌麻烦，一次多做一点，多吃几碗。

关于根茎蔬菜汤，我小时候学到的做法是先炒豆腐。但如此一来，豆腐会吸走所有的涩味，所以不是太好的制作方式。另外，根茎蔬菜汤的缺点是因为加了许多根茎类蔬菜，因此汤汁容易受到这些蔬菜的影响。过去的做法很难避免各种蔬菜的涩味相冲。

这时候就需要运用意式蔬菜汤的烹调手法。

首先，油可以去除涩味。日式根茎蔬菜汤的食材中涩味最明显的是牛蒡，因此一开始先拌炒牛蒡。将切好的牛蒡放入未预热的锅里加入橄榄油，用木铲拌匀，确保橄榄油均匀分布，之后开火。盖上盖子，就像要让牛蒡出汗一样蒸炒。

等到牛蒡五分熟的时候放入红萝卜。蔬菜配合牛蒡切成一样的尺寸，不要有大有小。蒸炒牛蒡后会释放出之前吸进去的油，用这个油拌炒其他蔬菜。

之后加入莲藕和蒟蒻，接下来放入白萝卜和香菇。每加入一样食材就重复一遍蒸炒的工序，将蔬菜加热至七分熟。加入油豆腐皮，加小鱼干高汤盖过食材，再加入少许盐和淡口酱油。

应用意大利烹调手法制作的日式根茎蔬菜汤

　　如果用这种方式制作根茎蔬菜汤，小鱼干高汤不会变成茶褐色，而是依旧清澈。这时就可以品尝出蔬菜的涩味不再明显。

　　这时候再加入切块的毛芋，毛芋要在放入小鱼干高汤和盐之后加入。毛芋放到水中就会产生**黏液**，鲜味也会跑掉，所有薯蓣科的薯类都一样，大家一定要记住。

等到毛芋煮软之后，最后加入豆腐块，再用盐和淡口酱油调味。

借由慢慢蒸炒，所有蔬菜都不会影响其他蔬菜。牛蒡的香气不会跑到白萝卜或红萝卜里，也不会变成大杂烩。带出所有蔬菜美味的清爽根茎蔬菜汤就完成了。

诞生于民族"生存之道"的食物

使用意式蔬菜汤的烹调手法制作日式根茎蔬菜汤，是重新审视饮食文化的一个典型例子，而我的料理全部经过了外国文化的洗礼。

本国遇到的瓶颈，可以借由接受外国文化找到解决之策。

不只是饮食方面，当发生无法仅用本国的常识解决问题时，不如试着用外国文化重新审视现状，想必会有新的发现。

我曾多次前往西班牙。无论是在意大利还是在西班牙，都看到了很多普通家庭如何烹调食物，其中最让我吃惊的是他们对生火腿的使用方式。他们不仅仅将生火腿切成薄片吃，更用生火腿来**代替盐**。

他们会将生火腿的骨头和碎片放入汤、酱汁、炖物中。煮豆子的时候会用生火腿当作味道的基底。著名的生火腿肉排（saltimbocca）也是为了补足小牛肉的味道而放入生火腿。生火腿的这种使用方式本身就是一大发现。

那边的著名厨师不会将这种用法写进食谱书里，或许实际上虽然这么用，但过于平常而不需要特别注明，且用量因人而异，没有固定的分量。

去当地人家里的厨房，会发现他们经常使用生火腿，有的家庭一年可以用掉一只生火腿。这想必是因为没有发酵熟成调味料所发展出的智慧。

生火腿是欧洲民族在"生存之道"中孕育出的可保存的食品，可说是相当于日本的鲣鱼干。料理家若林春子曾经写下关于第二次世界大战时他在欧洲的经验，回想起"带着一块生火腿逃离战火"的经历。

生火腿真可谓是养育生命的食物，值得敬畏。

镰仓的风带给我的灵感：制作生火腿①

从欧洲回来后，我想要做出记忆中的味道让双亲品尝。然而，在当时的日本根本买不到生火腿，但没有生火腿似乎有些美中不足。

在欧洲，生火腿就好像是味噌和酱油的替代品，制作欧洲的料理时，没有生火腿是不是就做不出正宗的味道呢？虽然我也知道应该制作生火腿，但有人告诉我，像日本这般湿度高的国家，做不出生火腿。

我住在镰仓一个名为谷户的山谷里。有一天，我走在山里汗流浃背时，突然吹来一阵风。啊，真是一阵令人舒爽的风，汗也止住了。这时闪过一个直觉：既然有这么令人舒爽的风，那么一定可以制作出生火腿。

我立刻查找生火腿的制作方式，但所有的食谱书里都没有写到。西班牙的食谱书虽然写到 "jamón（火腿）crudo（生）"，却没有最重要的制作方法。书上只写道："稍微用盐清洗，放上 Pimenton（具有防腐、防虫效果的甜味辣椒）后风干"。就好像食谱书上不会写鲣鱼干的做法一样，结果我还是自己思考出了制作方式。

"好像养了一个强盗"：制作生火腿②

所谓生火腿，指的是盐腌生猪肉之后风干制成的食品。盐如何渗入猪肉、加多少盐才适当，只能自己尝试。

我用好几个木桶盐腌了好几只猪腿肉，等到入味到一定程度后洗干净，稍微烟熏之后放在照不到太阳的地方风干。

虽说是烟熏，但如果是热烟，肉就很容易腐烂，所以必须使用冷烟。到底该怎么做才好呢？我搭建了专门用来熏火腿的小屋，请人帮我制作了我自己设计的装置。所需的花费非常多，母亲说，"好像养了一个强盗"。

仅仅建造一个小屋就花了800万日元，加上马达和棚子共1000万日元。一只猪腿肉8000日元，一次制作100多只猪腿肉，全部花费大约2000万日元。这已经是40多年前的事，那时母亲已经过世，用的是父亲的钱。话虽如此，当时我对于花钱这件事没有太真实的感受，只是一心想着制作生火腿。

因此，当时下定决心决不能失败！我吊挂了几百只重达 11 千克的巨大猪腿肉，但没有浪费任何一只。

我是在大约 45 岁时展开这项工作，每年持续改良，至"终于做出正宗的味道"为止，总共花了 15 年。这是我花最长时间制作的料理，而且是一个非常愉快的过程。

在开始制作生火腿 20 年后，在当时的大分县知事平松守彦先生的委托之下，我教授久住高原的养猪户如何制作生火腿。久住高原的生火腿是受到中村胜宏厨师称赞的料理之一，脂肪带有盐味，其美味不可言喻。慢慢烤至酥脆，或撒在比萨上烘烤，别有一番风味。

我忘不了这个味道，其实在 2016 年底，我又尝试做了 40 只左右的生火腿，其紧实的触感无可比拟。

经过分析的经验才有用：制作生火腿③

通过制作生火腿，我学到了**食材与盐的关系**。

我向来使用酱油和味噌，以蔬菜、鱼、肉为材料，制作各式各样可保存的食品。然而，在挑战制作生火腿时还是有了新发现：原来自己一直以来都在与"盐"打交道。

对盐有更进一步的理解，这比做成生火腿更令我开心。

例如"撒盐"，由于使用的是大的猪腿肉块，不容易撒匀，因此每个地方的味道应该多少有些差异。然而实际品尝后发现，盐味非常均匀。有些地方没有沾到盐，却有盐味。

盐会自己旅行。

这是历经 20 年料理才终于了解的事。反复操作是一件非常重要的事。不是仅仅反复操作即可，还要真正记取教训，同时思考为什么会这样，并进行分析和建档，如此一来，需要的时候就可以立刻取用。

经验要经过分析才有用处，直觉就是从这里诞生。

成为等待自己的人

我认为自己之所以能够持续制作生火腿长达 20 年，是因为我学会了等待。

我曾经很讨厌磨磨蹭蹭，甚至也曾看不起拖拖拉拉的人。原本个性如此的我，在经历长期与病魔打交道的生活后，变得非常有耐心，也变得擅长较费时的料理，制作生火腿就是最好的例子。

现代人都非常忙碌。各种信息充斥在生活里，许多人虽然不是很忙，但反而静不下心。然而，"等待"也许是一种文化。

创造出能够等待的自己，在自己能够奋起之前静心等待。

如果无法成为等待自己的人，无法耐心地对待自己，那么也就无法耐心等待其他人或其他事物。

15 年来，母亲从未催促因病无法起身下床的我。

人努力到某种程度之后，接下来就交给自然。制作生火腿也一样，在做到某种程度之后，接下来就交给风土。看着风土带来的变化有一种说不出的乐趣。

事物也有事物的自由。事物本身也有自己想要前进的方向。

原本我的身体并不强健，比起靠自己，或许一直以来仰仗了各种事物才有今天。

人生也相同，人在做完应做的事之后，将剩下的交给上天会更轻松。

汤品图表有其意义

下面举出分析和分类的例子。

包含学生时代在内，我制作汤品的时间将近 50 年。恩师加藤正之先生在大正末至昭和期间，于宫内厅（旧宫内省）的大膳寮与秋山德藏先生共事。他修习汤品长达 14 年。

加藤先生反复强调："汤品是第一道上桌的菜肴，最不允许出现失误。"这也成为之后我制作汤品的基础。

后来，照顾父亲培育出了我对汤品的想法。父亲半身不遂，罹患吞咽困难的疾病长达 8 年，其中有 3 年都是靠汤品支撑。

我最先让父亲喝的是芹菜浓汤。除了西芹、洋葱、马铃薯之外，再加入用果汁机打成泥状的酒蒸比目鱼，用来补充蛋白质。父亲一口气喝下，笑眯了眼。

汤品有什么优点呢？首先，容易吸收。比起人自身对美食的欲望，其实细胞本身更渴望汤。有点黏稠的汤也适合吞咽困难的人品尝，这是比黏稠剂更自然的黏性。

我从 1995 年开始经营汤品烹饪教室。我曾经制作汤品给镰仓探访护理院的病患喝，为了就算我不在也能持续供应汤品，再后来开设了烹饪教室。

我的汤品教室一定会贴上图表。

首先将汤品分类为"日式汤品、酱汁"和"西式汤品"。

日式汤品又分为"煎汤""清汤""味噌风味的汤"。糙米汤、香菇汤算在煎汤之内；清汤包括素高汤、第一道高汤、小鱼干高汤、日式肉汤、海鲜汤；味噌风味的汤包括海鲜汤和味噌汤。

西式汤品则会先分为"potage clair"（较清的浓汤）、"potage lié"（浓稠的汤）、"洋葱、日本葱的汤"、"蔬菜炖肉锅"（Pot-au-feu）、"切碎的蔬菜汤"、"海鲜汤"、"豆汤"、"冷汤"，下面附上具体各种汤。

这个"汤品图表"非常有意义。

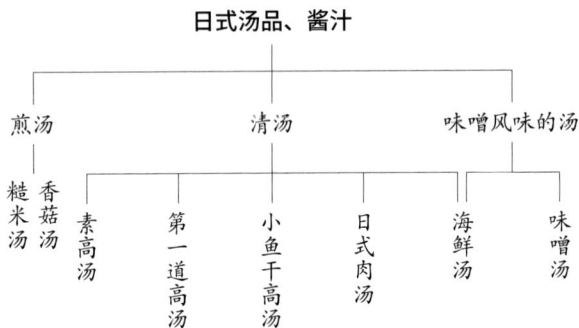

日式汤品、酱汁

煎汤	清汤				味噌风味的汤	
糙米汤　香菇汤	素高汤	第一道高汤	小鱼干高汤	日式肉汤	海鲜汤	味噌汤

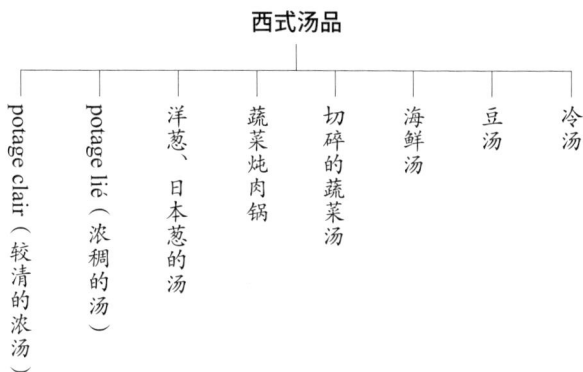

西式汤品

- potage clair（较清的浓汤）
- potage lié（浓稠的汤）
- 洋葱、日本葱的汤
- 蔬菜炖肉锅
- 切碎的蔬菜汤
- 海鲜汤
- 豆汤
- 冷汤

（汤品图表根据辰巳芳子《为了你——支撑生命的汤》制成）

特别注意粥的理由

制成图表能让汤品教室的学生或看书的读者更成系统地理解高汤，而不仅是以个别处方看待。不是单纯地闻一知一，而是能够闻一知十。这些都是灵感的根源。

我将做给父亲喝的各种汤品和加藤先生的做法进行整合，储存至我的"经验档案"中。人的天性会想要将听到的东西、制作的东西、累积的经验等进行分类。我将各种汤品的分析结果、食材和烹调手法等画线分类，不知不觉中，汤品在我的脑海里逐渐汇整成图表。

我将这些汇整出版了两本书（《为了你——支撑生命的汤》《续　为了你——粥是日本的浓汤》），第二本的主题是"粥"。

之所以注意到粥，是因为在各地教人制作汤品时，我发现汤品的难度其实很高。在平常没有喝汤习惯的地方教授如何制作汤品，很难得到具体的效果，于是我想到了粥。

日本的米甚至连卢布松大厨都羡慕，全世界再也找不到这种同时具备黏稠和清爽特质的米。你不妨试试将米汤淋在烤过的麻糬[1]上，是一道就算出现在宫中晚宴也不逊色的料理。

粥是日本人可以向全世界夸耀的浓汤，是支撑人生之初和人生之终的食物。

在许多人的支持下，我得以出版这两本书，想必父母都很为我高兴。

1　一种用糯米以及不同的馅料制成的糕点。

让每天的生存更容易的"延伸料理"

为了实践闻一知十，我建议可以尝试"延伸料理"。想必这是大家不常听到的词汇，下面举出具体的例子说明。

蒸或煮根茎类蔬菜和薯类蔬菜，放进冰箱冷藏，轮流使用。

每周固定一天熬高汤，放入冰箱冷藏或冷冻供一周使用。用这个高汤制作二杯醋[1]、三杯醋[2]、八方酱汁[3]等备用。

烤或蒸一千克的肉备用，可以用来制作各种料理。

鲕仔鱼干炒好备用，冷藏或冷冻保存。

盛夏如果买到大量番茄，可制成意式番茄红酱备用，也可运用在各种料理中。

也就是说，不仅考虑当天，借由"延伸"一道料

1　等比例的醋和酱油。
2　等比例的醋、酱油和味醂。
3　高汤、砂糖或味醂、酱油以 8:1:1 的比例制成的酱汁。

理，让生活更"宽裕"。根据人数准备一次食用的量，人数越少，对这样反复的工作想必越觉得空虚。说得夸张一点，甚至有人会觉得重复单调的厨房工作有损自尊。发现并承认这样的感受也是一件很重要的事。

对原本并不喜欢料理的我而言，因为解答了"人为什么一定要吃东西"的疑问，再加上这些"延伸料理"，终于从每天的厨房工作与自尊的冲突中解放出来。"宽裕"和自尊密不可分。

我试着从厨房工作当中找出"宽裕"，自然而然地浮现在我脑海中的就是"延伸"一词。"延伸"在词典里的意思是："伸展、扩展，现状改变。切开一个立体，扩展成一个平面，并延伸发展。"我看到词典的解释，想出了"延伸料理"。

在众多生物中，只有被称作"人"的我们能够借由料理创造出良好的饮食环境。培养直觉，希望能够在社会中，承担起用饮食"刷新生命"的重要使命。

感到不方便是改善的第一步

下面看看厨房用具。

什么是用具？用具是默默协助人类的物品。请大家找到好的用具，让厨房工作更有效率。

如果能够善用用具，那么厨房工作会变得轻松有趣。相反，一个用具也有可能让你怀疑自己的能力。

找不到好的用具时该怎么办呢？还请自己改良用具。这里需要发挥的就是直觉。

例如拌炒的时候，最重要的是锅铲的形状。

制作糙米汤拌炒糙米时，绝对不能使用所谓的饭勺。由于需要拌炒 20 到 25 分钟，手拿饭勺会烫得受不了，所以必须选择握柄长且接触锅底的那一面较广的锅铲。我一开始是拿西洋的锅铲自己削成需要的形状，后来请专门制造锅铲的人来帮忙。

在还小的时候，我对研钵和研杵的木头形状感到困惑。

捣芝麻时，压住研钵不让研钵移动，就是当时 10

左侧是经过改良后变得容易使用的锅铲，右侧是改良后的研钵和研杵

岁的我负责的工作。研钵和研杵的接触面约直径 1 厘米。因此，"还早、还早"，将芝麻杵成泥状需要非常漫长的时间。啊，真是非常累人，令人难以忍受。

被迫做这个累人的工作是我日常生活中很大的困惑，我一直想着必须改良，经过几十年，终于找到理想中的用具。

看到在大分县日田市的山里制作出的"小鹿田烧"

时，立刻决定："就是它了。"

这种陶器的特征是用细小的金属刀刻画出独特的图案。看到这些图案，我灵机一动想到请这些人帮我做研钵。为了让接触的部分更广，于是请他们做了一个5厘米左右的弧度向外展开。

接下来是研杵。若想要扩大接触面，头最好要大。我琢磨着请专业做木芥子[1]的人制作最适合，刚好遇到一位山形县的职人，他用樱花木帮我做了一支好像是木芥子的研杵。笔直的研杵与前端是圆形的研杵，所耗费的劳力完全不同，只需要花费1/3的劳力，工作却快了3倍。

只要有这个研钵和研杵，凉拌菜一下子就做好了。小时候感受到的抗拒直到70岁都忘不了，一直思考有没有什么好办法，现在终于有了成果。

仔细观看、仔细聆听、仔细触碰，彻底思考这些运用感应力所获取的信息，如此一来，一定可以找到改善的良策。这个道理不仅限于料理。

---

1 刻意放大头部的手工木偶。

正视事物的本质

我刚刚提到改良用具的重要性。然而，就算要提升效率，我也不会使用压力锅或微波炉，那是因为我对于用蛮力处理食材感到抗拒。

从营养学的观点看，或许使用什么用具制作都一样。但我认为本质不同。为了能够以应有的方式对待事物，首先必须正视事物的本质；其次找到事物的法则，依照这个法则执行。

我曾说过"接受事物的引导"，不论是好是坏，这样可以**放下自我**。道元禅师之所以重视"典座"的工作，想必也是基于这个理由。

阅读马上可以用到的食谱书也许可以度过一时，但从长远的角度看，在这个过程中找不到有所助益的东西。

有耐心地花费时间，切实做好每一件事，有时候也需要阅读关于事物本质的书。如此一来，你能更好地感知事物的本质。

请大家借由料理磨炼的感应力，培养直觉，成为在**紧要关头**也能不慌不忙的人。

下一章要说明在紧要关头时该如何准备、如何迎击。

第四章

"紧要关头"起身迎击

吃牛筋和鱼骨
是在巩固生命的根基

为了不做茫然等待关键时刻的人

接下来这一章，将会比前面几章更详细地讲述必须身体力行这件事。

活到现在，我渡过了很多难关。

战争时发生了许多就算丢掉性命也不足为奇的事。在 90 发的燃烧弹中，我奇迹般地生存下来。

没有比战争更罪大恶极的事，关于这一点，本章最后会再提及。

现在，国与国之间的纷争不断，企业的利益交错，包括水资源不足、粮食危机在内，大地震、核灾事故、地球的环境问题等，人们的生存面临着诸多问题。个人、地区、国家、世界整体，每一个层级都必须有迎击"紧要关头"的决心和准备。请大家不要成为束手无策，只是茫然等待**关键时刻**到来的人。

话虽如此，也没有必要过度警戒，在日常生活当中为紧要关头做好准备即可。为了容易生存而吃，为了容易生存而生活。"食"这一扇窗虽不起眼，但其实广而深，且非常明确、明了、清晰，透过这扇窗传递的各种讯息，可以影响一个国家，影响地球环境。

孕妇没有好好吃东西

先来看看最近的饮食倾向。

我曾拜访过东京江户川区松嶋医院的院长。据他所说，现在的孕妇都倾向简便饮食，很少吃自己烹饪的料理。这一点让我非常吃惊。大家虽然吃了很多蔬菜，但大多是沙拉。用高汤制作的凉拌菜或炖煮物几乎不会出现在餐桌上。

院长如此说道：

"粗糙的饮食，没有保护好身体，更没有避免身体虚寒。因此，很多人在生产的时候不会有阵痛。还有许多人虽然有阵痛，但分娩异常。"

这是 5 年以前的事，不知道最近的状况如何。

一般在医院生产的人，约 24% 是剖腹生产。新生儿 10 人中就有 1 人出生时的体重未满 2.5 千克。据说出生时体重轻的人，长大之后容易罹患生活习惯病[1]。

我察觉到这样的危机后，曾于 2010 年调查人们的饮食习惯。

共有下至 20 多岁，上至 60 多岁的 500 位受访者接受调查，我请他们分别写下早中晚三餐"实际吃的东西""想吃的东西"和"觉得应该吃的东西"；同时关于不下厨的理由，请他们从"觉得麻烦""不知道怎么做"和"太花时间"的选项中勾选。

想必大家已经可以预料到调查结果。几乎没有人真正能保证早中晚三餐，尤其以不吃早餐的人最多。另外我还发现，现在简便饮食非常泛滥。

食等同于呼吸，严肃地包含在生命的结构之中。每一餐都是生命的刷新。

然而不仅年轻人，就连即将生产下一代的孕妇也没有好好吃饭。我现在对日本和日本人的未来感到忧心。

1　生活习惯病也称生活方式病。在现代紧张繁忙的生活中，由不良的生活习惯所造成的亚健康状态以及相关疾病，像肥胖、糖尿病、高血压、动脉硬化、炎症、过敏、头痛、抑郁、寒冷症、皮肤干燥等。

可以推荐给奥运选手的超级麦片

那么到底要吃什么？怎么吃？

首先是早餐。如果能吃味噌汤和白饭当然也很好，但我的早餐有些不同。

早上需要的基本营养是什么呢？我在思考许久后得出的结论是"超级麦片"。

超级麦片也许不是大家熟悉的词汇，这是我参考瑞士高地的饮食法"木斯里"（Müesli）所想出的原创料理，以适当的比例加入燕麦、全荞麦粉、糙米胚芽、小麦胚芽、大豆粉、红豆粉、芝麻制成。

营养价值方面，蛋白质、纤维、矿物质（钙、铁、钠、锌等）都远高于胚芽米、糙米或是吐司。所有材料皆是日本国产，坚持有机无农药，用低温慢慢加热。我请北海道深川市板仓广场饭店制作。

我刚刚写到"瑞士高地的饮食法"，到底什么是木斯里呢？教我的安东尼奥·克鲁索先生，也是教我意大利料理的大师给出了答案。

据说在瑞士的高原地区，有一群人几乎每天只吃混合不同麦种的麦片。克鲁索先生听闻后，对人类仅靠这样东西就能生存感到不可思议。

之后，德国神父和修女来到日本，一起居住了11年。二人每天早上都吃一大碗瑞士高地的人们吃的东西。

他们在前一天先把材料准备好，第二天早上加入酸奶拌匀后享用。在他们的推荐之下我也加以尝试，发现吃完后不容易饿，而且一整天都很有精神。我瞪大了眼，啊，原来这就是"木斯里"。

依照药食同源、医食同源的原理，我使用日本风土培育出的食材加以改良，制作出"超级麦片"。

这种麦片基本上不用调味，仅偶尔加一点蜂蜜即可。谷类和豆类各有风味，越咀嚼味道越丰富。前一天晚上先将酸奶泡在牛奶里，也可以搭配一点苹果和香蕉。如果再配上黑面包、新鲜的蔬菜或水果、芝士等，就可以摄取一整天所需要的营养。

自从开始吃超级麦片后，早上是我不放纵味觉的"自律早餐"，如此一来，砧板和火的使用次数也降到最

经过多次改良的"超级麦片"

低。收拾完晚餐之后就可以准备明日早餐的材料，再插上一朵花就寝。起床后只要坐在餐桌旁就可以享用早餐，对于维持一整天的专注力有很大的帮助。

我希望孕妇和奥运选手都能吃这个超级麦片。

牛筋和骨头消除疲劳、抚育生命

晚餐又该吃什么呢？

我最近推荐的食材之一是牛筋。当前几天我在电视上看到体操选手内村航平谈到"疲劳很难消除"时，我想到的是希望他吃牛筋肉。说到消除疲劳、训练肌肉，没有比牛筋肉更好的食物了，因为这毕竟是牛的筋。

在我家的冷冻库里，一年到头都冷冻着煮好的牛筋肉。在工作疲惫的晚上，把牛筋肉从冷冻库放入冷藏，与烤过的葱一起做成火锅享用。加入满满的白萝卜泥，再蘸下挤了柠檬的柑橘醋享用，真的可以消除疲劳。

这是我靠着直觉想出的料理，但研究之后发现，牛筋肉的确含有牛其他部位所没有的特殊营养成分。

下面简单介绍做法。

1千克的牛筋肉大约1000日元，与其他部位相比更加经济实惠。请至少购买2千克，接着一次全部处理完毕。

首先用加了切片柠檬的热水烫过牛筋肉后，放入冷水静置30分钟。捞起来后放入锅内，加入葱、生姜、昆布、干香菇、日式酸梅、盐，以及满满的水，炖煮至牛筋肉软烂为止。煮好之后取出葱和昆布。在这里使用焖烧锅烹煮更有效率。经过一晚之后，汤汁内的脂肪就会凝固，将脂肪取出即可。牛筋则连着汤汁一起分装冷藏或冷冻保存，随时都可以吃。

牛筋和汤汁可用于火锅、味噌汤、咖喱、炖煮、炒等，通过各种方式补充营养。

做成火锅时，牛筋与葱非常搭配。葱可以提升免疫力。意志坚强的庄内产红葱，可与牛筋的强韧达到平衡。

如果是春天，则可以搭配切成细丝的红萝卜、西芹，加上削好的牛蒡丝、水芹、鸭儿芹、荠菜、蒲公英等含有强烈香气的蔬菜，享受蔬菜的清脆和牛筋肉的滑嫩所带来的不同口感，别有一番风味。

孕妇、奥运选手、肌力差的人、想要长肌肉的人，都可以吃牛筋肉。牛筋肉富含日本人不容易摄取的胶质，对关节也很有好处。由于事前处理时已经完全去除油脂，牛筋肉几乎没有脂肪。低卡路里，富含胶原蛋白，又不会摄取动物性脂肪，非常适合想要摄取蛋白质的人食用。再加上经济实惠，优点何止一箭三雕。

处理牛筋时，如果使用焖烧锅就可以事半功倍。吃这种食物是抚育生命最好的方式，请大家一定要将牛筋肉融入到日常生活里。

最近的日式料理倾向丢弃骨头和内脏

直到现在，大家似乎依然非常喜爱拉面，大家真的时常吃拉面，这是为什么呢？尤其工作疲惫不堪的人总会特别想吃拉面。

我认为这是因为身体可以借由啜饮猪骨熬煮的高汤，下意识地补充日式料理中缺乏的成分。

如上一章所述，西欧的高汤是长时间熬煮小牛的骨头，因此那里的人们从小就能够摄取骨头里的养分。例如米开朗基罗的工作，必须拥有超人般的体力和耐力才有可能完成，想要孕育出这种力量，依靠的还是食物。

不是类似生鱼片的吃法，而是充分摄取包括骨头、皮、筋、内脏、尾巴在内的整个食物的营养，正因为如此，才能完成那样惊人的雕刻作品。

日本是海洋民族，可以不费力地享用海洋里的生物。我认为正因为如此，才会出现如生鱼片这般的食用方式，然而这样的吃法总是无法摄取到某些营养成分。这成为整个民族的弱点。

最近的日式料理倾向将骨头和内脏丢弃。由于这些东西不受重视，所以日本人的体质在某些地方不够强健，这也成为年轻人生命的弱点，在紧要关头欠缺体力和韧性。

不仅是牛筋肉，我们也必须积极摄取骨头、皮、内脏等过去被丢弃的部位中所蕴含的营养，也就是所谓的"全食"。鱼的话包括鱼骨、血合肉、中骨。若不练习从这些部位摄取营养，那么到了紧要关头身体就无法发挥出强大的力量。

第二章介绍了小鱼干高汤的熬煮方法，请大家也学会小鱼干高汤加鱼骨熬煮高汤的方法。鲣鱼也一样，可以从原本被丢弃的中骨中吸收营养精华。首先将中骨烤后去除腥味，之后再花时间慢慢熬煮。

卖鱼的店家会帮客人将鲭鱼等各种鱼去骨，并片成三片，请一定要带回去除的中骨，红烧鱼的时候可以放进去一起炖煮。骨头不仅富含鱼肉所没有的营养成分，也会让味道更加醇厚，相信大家可以切实感受到美味。

过去在吃完红烧鱼的鱼肉后，会在汤中加入热水，熬煮鱼骨汤享用。即使是在现今这个时代，也有必要学会这样的吃法。

支撑坂本龙马的鱼骨汤

顺应风土而食、品尝季节美味，这些都是我们的祖先认为理所当然的事。季节从餐桌上消失，有一部分原因是生活形态改变了，更大的原因是保存和运输方式的进步。然而，人也是自然的一部分，最好吃当季的食物，这一定会成为生命的养分。

如果自然环境出现变化，那么我们也必须随之改变吃的方式。

日本的夏天已经发生改变了。既然天气变得如此酷热且难以忍受，我们也必须尽早做好迎击酷暑的准备。

到了五月就是吃鲣鱼的季节。鲣鱼是洄游鱼类，如果没有游动就会死亡。因此，鲣鱼有着充足的肌肉、血，以及强健的骨头。不要只吃生鱼片，也要摄取血合肉和骨头中的营养成分。

这是我去高知县时听到的故事，据说坂本龙马[1]经常吃鲣鱼的鱼骨汤。我心想，啊，原来如此。如果不是这样的话，想必无法拥有那样的勇气与强大的行动力。

红烧鱼骨时要加酒、砂糖、酱油、味醂，调味稍重，酱汁可以留下来烧豆腐等。这是我希望工作繁忙的人一定要品尝的料理之一。

说到鲣鱼就会想到血合肉。现在很少人会吃血合肉，因为有血，所以容易腐坏，但我会用味噌烧血合肉。

1　日本明治维新时代的维新志士，倒幕维新运动活动家、思想家。

先快速拌炒血合肉的表面，让血不会流出来，之后切成小块备用。平底锅拌炒切碎的生姜和糯米椒，加入血合肉炒至干爽。等到几乎没有水分之后淋上泡盛[1]，再加入味噌拌炒。用这种方式制作的鲣鱼味噌最适合当下酒菜。由于八丁味噌比较硬，可以事前切成小块备用。高知县的鲣鱼适合搭配爱知县的八丁味噌和冲绳的泡盛。八丁味噌可以抑制血合肉的腥味，非常美味。

很可惜，四国[2]地区的人们没有发现这一点。我认为接下来将进入连血合肉、皮、骨都必须一起"全食"的时代。

从贝壳得到滋养

由日本风土所孕育出的食材中，我希望大家重新审视的是贝类。

1　一种特产于琉球的蒸馏酒，烧酒的一种。

2　四国，又称四国岛，是日本的行政区划概念，四国包括德岛县（阿波）、香川县（赞岐）、爱媛县（伊予）和高知县（土佐）。

日本到处都是贝冢，想必全世界除了日本之外找不到第二个民族如此亲近贝类，甚至可以堆出这么多贝冢。

《古事记》和《日本书纪》中收录了许多贝类的神话故事，女儿节的主角也是贝类。贝类自古以来就是日本人的重要食材。日本的贝类数不胜数，只要去海边，脚底下就可以找到，到处都可以捕获贝类。

贝类的成分有助于脑部神经的活动。包括宫大工[1]在内，日本人用细致手工打造出的传统工艺品享誉全世界。有人说日本人的审美和这些精美的工艺品，以及日本人性格中细腻的感性，都是吃贝类培养出来的。

然而，最近完全捕不到贝类。贝类也失去了以往的活力。

最先告诉我们环境发生变化的或许就是贝类。

母亲感叹："贝类的味道变了。"这已经是40多年前的事。

1　负责神社佛阁建筑的工匠。

蛤蜊撒上盐，搓揉将贝壳洗净

然而，该如何是好呢？

把贝壳丢掉太浪费，我认为也必须从贝壳摄取营养。

根据自己培养出来的直觉，我会把蛤蜊煮很久。另外，如果将贝类煮成汤，味道会比较淡，因此我想到把法国料理中使用到的、带有香气的蔬菜制成调味蔬菜"mirepoix"（切成薄片的洋葱、红萝卜、西芹、欧芹的梗、月桂叶、白胡椒），和贝类一起熬煮。

　　锅里放入白酒和蛤蜊加热，等到壳打开之后加入水和调味蔬菜，慢慢熬煮30分钟，制成蛤蜊法式清汤。蛤蜊和调味蔬菜一起熬煮后味道更浓郁，而且很有营养。想让病人吃贝类非常困难，但如果是蛤蜊法式清汤，就可以摄取手术后所需要的锌等营养元素。

　　我在接受大手术之后，请我的徒弟对马干贺小姐每天都煮蛤蜊法式清汤给我喝。拜这道汤所赐，我在手术后两周就可以恢复正常饮食。我在写作时如果感到神经疲劳，也会喝这个汤，如此一来，疲劳感就不会残留至隔日。

　　差不多同一时期，学习院女子大学教授品川明先生来我们家做客。

　　从事饮食研究的品川教授说，他发现贝类的肉和贝壳之间含有惊人的成分，充满于贝类的肉和贝壳之间的"体腔液"中，富含鲜味成分和矿物质。因此教授说，只吃贝类的肉太可惜，连同贝壳一起熬煮才是正确的方式。

我并不是因为知道这件事才开始煮贝类汤。"这么漂亮的贝壳，想必一定能从中摄取到营养成分"，我只是单纯这么想而已。这样的想法应该就是直觉。

牡蛎和蚬要这样吃

大家都是怎么吃牡蛎呢？西方称牡蛎是"海中牛奶"，是富有营养的美味。如果找到好的牡蛎，最好一次多买一点。牡蛎最好吃的做法还是炸牡蛎，剩下的牡蛎可以浸渍在油里，延长保存期限，可以一点一点慢慢吃。每天早上可以吃 3 个牡蛎取代鸡蛋，营养价值非常高，有助于消除脑神经的疲劳。

下面介绍做法。

牡蛎撒上盐用沥水网清洗，淋上少量柠檬汁备用。

将牡蛎排放在平底锅上，开火后放入大蒜和月桂叶。如果最强火力是 10，那么大概以 4 的火力加热。翻面继续加热，直到牡蛎再度吸回释出的精华为止。等到水分几乎收干后加入白酒（日本酒也可以），将牡蛎**集合**在一起煮。这是为了让牡蛎吸取附着在锅子里的鲜味。

煮过头就不好吃了，因此适可而止。不管什么事，**均衡**最重要。将牡蛎放入经过杀菌的瓶子里，再倒入满满的橄榄油就完成了。经过半天的时间就会变得非常美味。

将牡蛎以这种方式保存，可以用来制作牡蛎西班牙海鲜饭，也可以做牡蛎浓汤。

有人说一天吃 3 个牡蛎，晚上睡觉不会出汗，对病人也很有助益。

也可以用牡蛎熬制高汤（bouillon），这可是上等的高汤。首先将昆布、干香菇、洋葱、红萝卜、西芹、月桂叶、胡椒粒以小火加热约 15 分钟，加入白酒冷却，制成冷的高汤。再加入洗净的牡蛎，静静熬煮 15 分钟。

享用的时候只喝汤。余下的牡蛎和蔬菜可以用来制作其他料理，例如做成牡蛎咖喱也不错。

接下来，天气冷的时候要吃蚬。蚬可以护肝。肝脏负责代谢和解毒，在现代这种环境污染和压力之下，最弱的脏器就是肝脏。如果是夏天，可以用八丁味噌做成蚬味噌汤。

贝类是养育日本人的重要食物，我认为这也是不能污染海洋的重要理由之一。

提升免疫力的葱天鹅绒酱和香菇酱

为了提升免疫力，从秋天过渡到冬天时，我一定会制作"葱天鹅绒酱"（velouté）。根据富山大学研究所医学药学研究部的研究，葱具有提升免疫力等功效。

"velouté"在法文中的含义是"天鹅绒"，在这里指的是口感如天鹅绒一般顺滑的料理和烹调手法。下面作简单说明。

取日本葱的葱白（如果是山形县的红葱，则取紫色和白色部分）至少5到6根，切成3至5毫米长的小段。放入未预热的锅子里，淋上橄榄油拌匀，盖上锅盖开火慢慢蒸炒。

为了避免烧焦，需要时不时打开锅盖，用木铲拌匀，在葱变软之后加入姜汁蒸炒。等到姜汁的水分蒸发之后加入鸡高汤、盐，熬煮成泥状。

完成后装进瓶子里冷藏保存。每天取一大匙放入杯

做好的葱天鹅绒酱装入煮沸消毒过的玻璃瓶中（左图），冷藏约能保存5天。在茶杯中舀入约1大匙的葱天鹅绒酱，兑入3/4到1杯的热水，再加入少许盐调味，即完成一人份汤品（右图）

子里，倒入热水当作汤品饮用。自从我开始制作葱天鹅绒酱后，便很少会感冒。

蘑菇酱（duxelles）同样运用了法国料理的烹饪方法，是贵族想出来的酱料。将洋葱、红萝卜、西芹等香味蔬菜和蘑菇等菇类切成5毫米的小丁，慢慢地均匀拌炒，等质地如同味噌一般，就可放置保存。蘑菇酱可以运用在很多料理上。我将蘑菇改成日本国产的香菇，做成香菇酱。

在未预热的锅里放入橄榄油、切成丁的洋葱和红萝卜、月桂叶一起蒸炒，随后加入切成丁的香菇继续蒸炒。淋上白酒，加入鸡高汤、水、盐，用小火熬煮至味噌状。最后拌入帕玛森芝士就完成了。涂在梅尔巴吐司上会非常美味。

大家都知道香菇具有抗癌的功效，实际上香菇也是抗癌药剂的原料，想必香菇还有其他许多无法从药物中获取的功效。

新鲜的香菇吃不了太多，但如果做成香菇酱，与葡萄酒或日本酒都很搭配，很容易入口。

无论是葱天鹅绒酱还是香菇酱，都是将日本食材和西洋手法相结合，属于"经过异文化洗礼的料理"。不知如何是好时，能够依靠的是感应力和直觉，以及具体的练习。

准备避难粮食不能只靠国家

2011年3月11日发生的东日本大地震，暴露出这个国家的脆弱和存在的矛盾。无法控制的核灾事故，现在依旧让我们处于核能污染这个与生命息息相关的危机中。日本的火山带据说进入了活动期，不知道何时会发生何事。我们现在所处的就是这样的时代。

我认为必须常备的食物之一就是罐头粥，如果有火可以加热，也可以直接吃。我随时准备的是由贝沼纯先生制作的白粥和糙米粥罐头，其中罐头中的米，是源自新潟县村上市（旧朝日村）栽培的有机无农药米。

日式酸梅和八丁味噌也是必需品。酸梅具有抗菌力，在发生自然灾害时可以发挥作用。酸梅可以加进粥里，也可以用五年熟成的八丁味噌搭配粥。

"根性铁火味噌"也很好用。这是将红萝卜、牛蒡、莲藕、生姜切碎至芝麻般的大小后仔细拌炒，随后加入鲣鱼粉（鲣鱼炒后磨成粉制成）和用国产大豆制成的八丁味噌持续拌炒，直到干爽为止。这也适合在夏天时没有食欲的时候食用。

接下来就是超级麦片。2016年熊本地震之后，我收到住在熊本的徒弟写来的感谢信。据说他在没有其他东西吃的时候，就干吃超级麦片。当然，如果有水的话会更好下咽，但非常时期也可以直接干吃。所有的谷类只要经过加热就可以保存，并且非常富有营养，很适合作为常备的粮食。

大家知道什么是"地狱炊"吗？就是将水烧开后再放入洗好的米的饮食方式。炊煮所需的时间完全不同，这种做法很适合非常时期，请大家一定要记住。

当发生灾难时，只是等待国家帮我们想办法恐怕会**希望落空**。无论发生什么事，都必须准备10天份的水和相当于主食的食物。无论是个人、家族还是公司都一样。

只要有米和大豆，总会有办法

这个国家拥有什么？缺少什么？政府是否切实掌握了这些信息？如果说到能源或铁，这是国家的弱点，因为这些资源在之前的战争时就已经枯竭了。

我认为，只要有米和大豆，即使走到山穷水尽，还可以熬过去。

稻作、米，这是绝对不可以放手的东西。稻作支撑着生态体系，是日本最原始的风景，也是我们的主食，是一切的关键。就连卢布松对日本的米也怀有**敬畏之心**，他甚至说："在国际料理比赛中，如果日本端出米饭，我们会很烦恼要拿出什么与之对抗。"日本人也必须自觉日本的米到底有多美味。

日本的先祖花费了大量的劳动和时间来反复改良稻米，稻米的品质代表着先祖的历史。我一直对先人的辛勤付出有着说不出的感谢。

过去，日本人炊煮白饭和粥的方式非常复杂。之所以使用过去的方式煮粥，是因为随着电子锅的普及，人们渐渐不再做炊饭。但如果没有电子锅，你还会做炊饭吗？还会煮粥吗？

蒸饭、寿司是一种很特殊的饮食文化，它们常常让人会心一笑，甚至会令人感到怜爱之情。然而，现在大米的烹调方式与使用灶和釜的时代相同，一直在原地踏步。接下来，必须向世界其他国家学习稻米的烹调方式。

例如西班牙海鲜饭，不用洗米直接拌炒，不盖盖子炊煮。又如炖饭，短时间一边搅拌一边炊煮。这两道料理与日本过去烹调稻米的方式完全不同，一定有可以从中学习的地方。

蒸饭的缺点在于调味料和鲜味全部沉在锅底。为了预防这一点，我会在煮饭的过程中上下翻搅。

日本俗语说："就算孩子哭了也别取下盖子。"[1] 但有时候也需要怀疑这样的说法。

1　意指煮饭中途不可以把盖子拿下来。

希望培育出会播种大豆的人

关于大豆100粒运动，请容我再多说一些。

儿童一手可抓住约百粒大豆，带领儿童栽种大豆，观察并记录大豆的生长，直到收获、品尝。到了2004年，也就是这个活动开始后的一年，信越放送[1]对我的这项活动表示赞同。通过长野县教育委员会等机构，得到县内小学的推荐，长野县下32所学校的儿童都参与了这项活动：播种大豆、培育、收获，观察和记录大豆的生长情况，再将收获的大豆制成毛豆麻糬、豆腐、纳豆等食品来品尝。

在2003年，当我刚开始呼吁这项活动的时候，"播种的孩子"人数是零。下一年人数升至2000人，2016年达到25000人。如果继续下去，想必可以达到50000人。

如果这个国家走到山穷水尽，有50000人可以高

---

1 指日本信越放送广播电台（SBC）。

喊："把种豆的工作就交给我吧！"这是多么令人安心的事。

2016 年，我成功牵线农业高中的学生和豆腐店。位于北海道虻田郡，名为真狩高中的农业学校，请他们的学生栽种有机无农药的大豆，再请当地的豆腐店用他们种出来的大豆制作豆腐。

做出来的豆腐非常美味，一下子就卖完了。学生们将这个豆腐命名为"白鹤报恩"，包含了学生对用大豆制作豆腐和受到许多人照顾的感谢之意。

如果是有机无农药栽种，那么日本的大豆价格会很高。因此豆腐店请农业高中帮他们种豆子，而学生体验到卖豆子赚钱，这是一种良性循环。当有一天农业高中的学生真正务农时，如果能够自然地播下豆子，那就再好不过了。我非常期待这样的活动。

听说这所农业学校接下来会在小学教学生如何播种豆子。我认为农业高中的学生或许会借此对自己做的事情感到自豪，这是一件非常重要的事。

只要还有稻米和大豆，这个国家总会有办法生存下去。没有能源是说不出的弱点，虽有弱点但只要拥有稻米和大豆，总会有办法生存下去。

冲绳的救命药和爱知的八丁味噌

由于日本南北狭长，因此北边的风土与南边的风土不同。在各自的土地上有各自的族群，为了更容易生存而创造出了独特饮食方式。

冲绳对于鲣鱼干的特殊吃法被称作"救命药"（nuchigusui），"nuchi"的意思是生命，"gusui"的意思是药。

汤碗里放入满满的本枯鲣鱼干，再放上少许生姜泥，淋上优质酱油后倒入热水。随后，盖上盖子静待3分钟，再打开喝汤。这就好像是能让人苏醒的药，最适合因工作而感到精疲力尽的人，或是罹患急病的人饮用。想必这是天气热的地区才特有的饮食方式。

爱知县的八丁味噌也非常优秀。仅用大豆制成的八丁味噌拥有强大的力量，经过熟成之后，营养成分更丰富。经过 3 年、5 年熟成的八丁味噌，最适合切成小块直接当作下酒菜享用。

用充足的油拌炒生姜、青椒、茄子、紫苏，在正中央放入八丁味噌再淋上少量的酒。在夏天，当我们喝不完味噌汤时，母亲经常制作这一道菜给我们吃。

味道强烈的八丁味噌非常适合搭配野味，也可以用来代替多明格拉斯酱。用红酒炖煮牛颊肉时，可以用一点泡盛去除肉的腥味，起锅前再加一点八丁味噌会更美味。当然与牛尾也很搭配。卢布松看到我使用八丁味噌的方式，说了一句："Perfect（完美）！"。

八丁味噌还很适合搭配烤鸡串食用。然而烤鸡串的餐厅没有发现八丁味噌的美味，这一点让我感到不可思议。将八丁味噌加进烤鸡串的酱汁里，起锅前涂一点就非常美味。

也许有人会觉得小题大做，但有如此想法者，是否知道某种吃法与你"生存的难易度"息息相关。

无论哪个国家都有让人起死回生的饮食方式

无论哪个国家都有让人起死回生的饮食方式。随着地球环境的变化，带着敬畏之心学习这些饮食方式，与是否容易生存息息相关。

例如西班牙冷汤就是一道值得学习的夏日汤品，此外还有一道我在西班牙人的家里学会的"sopa de ajo"（大蒜汤），也非常适合在盛夏饮用。

既然日本的夏天已经变得如此酷热，令人难以忍受，那么就必须吸取热带地区的成功经验，摄取这些食物。我最近都是在喝大蒜汤度过夏日。

下面介绍做法。重点在于将大蒜炒至上色但不能炒焦，虽说是"炒"，但不需要搅拌，只需要用橄榄油煎大蒜的正反两面即可。

在锅里放入鸡高汤、洋葱、红萝卜、西芹、欧芹的茎、月桂叶、白胡椒粒，静静熬煮20分钟。用沥水网过滤之后加盐调味，做成汤（材料的分量请参照194—195页）。

大蒜切成 3 毫米的薄片。在锅里加入较多的橄榄油和大蒜，开小火慢慢逼出香气，等到大蒜上色后再取出大蒜。我会用炒过大蒜的橄榄油煎新潟县的平押麸。西班牙人会将变硬的面包放进汤里，但日本有蛋白质丰富且脂肪少的麸，尤其是平押麸与汤品非常搭配。将麸用水泡软，挤干后切成合适的大小，再用橄榄油煎正反两面。当然，如果想要和西班牙一样正宗，那么可以使用变硬的面包。

将大蒜和麸放进汤里，稍微熬煮 5 分钟，让味道更融合。若加入打散的蛋也很美味。

德国的黑面包也可以算是让人起死回生的食物。

过去，为了了解有机生产的场所和市场的关系，我曾前往德国。据说风土环境严苛的德国很难栽种出优质的小麦，后来经过反复尝试，好不容易做出以大麦粉为主的美味面包。小麦的改良直到 1960 年德国复兴之后才有进展。德国美味的黑面包是在德意志民族的不懈努力下做出来的，据说在只能吃黑面包的时代，只需要摄取少量的肉就足够了。

在法国布列塔尼，有一个传统料理名为"Kig ha farz"，是使用荞麦粉制作，其他地方找不到类似的料理。"Kig ha farz"是将加水溶化后的荞麦粉放进小麻布袋里，再把小麻布袋放进加了蔬菜和肉的汤中开火加热，最后连同蔬菜和肉一起食用，是一道非常有趣的料理。我在调查布列塔尼居民的饮食生活后发现，在以荞麦粉为主食的时代，或是现在以乡土料理为主的人们，其实吃的肉很少。

就像这样，诞生于各民族生存之道的料理，在地球环境不断变化时，有许多值得从中学习的地方。

当然，也请大家关心日本的料理和食材。例如藠荞。我总认为，藠荞的营养价值不能被埋没，日本应将藠荞推向全世界。尤其是拥有香肠文化的地方，我希望全世界喜欢吃香肠的人都能尝尝藠荞。甜醋腌藠荞是酱菜的一种，我认为没有其他酱菜可以与藠荞匹敌。

另外还有煎茶和抹茶。茶不仅能让人放松，更有助于集中注意力。禅寺的和尚们重视的食材都自有其原因。干香菇也是一样。请大家一定要好好珍惜。

在科雷希多岛的经验

在第二次世界大战前，发生了一件令我难以忘怀的事。

后来在我 75 岁时，我曾造访菲律宾的科雷希多岛（Corregidor），这座岛是太平洋战争中战况最激烈的地方。

我在美军基地的遗迹里竟然看到了秘密游泳池，美军在五个网球场之下储蓄了大量的水，我看到时感到非常惊讶。

过去日军在这个水资源贫瘠的地区靠的是露水过活，但对手竟然有游泳池。如何保卫军队的生命？在面临紧要关头时，两国的准备竟然如此大不相同。

这也让我再度认识到了"这是一场不该打的仗"。

昭和十九年（1944 年）6 月，我有缘为远赴南方战地的军队送行。我忘不了他们走出军舍时的装扮。背着网袋代替背囊，提着好像牛蒡一般的木棍代替剑，穿着分趾鞋代替军靴。当时战败色彩浓厚，士兵们都没有精神，看起来非常渺小。老实说，我当时觉得这场战争已经与之前不同。

大家知道战死的年轻人当中，有几成是因为战斗而死的？

仅三成，剩下的七成都是饿死的。军部愚蠢的作战让230万年轻人丧失了性命。当时没有一个人认为失去生命也没关系，每个人都不想死。

日本宪法第九条的代价是230万个想活下去却惨死的年轻生命。

战争会让为了守护"食"所做出的一切努力和积累，在一瞬间化为乌有。

请大家牢牢记住这一点。

历史的巨大转折点

十几年前，无论是世界还是日本，都进入了比之前战争时更不容易生存的时代。从严重的环境问题到核灾事故，社会学家见田宗介先生将各种危机不断出现的现状，视为人类历史的巨大转折。人类过去曾出现爆发式的成长期，然而，近年的状况显示人类进入了减速期，我们现在正处于"第二个转折点"。

见田宗介先生认为，这个时候我们需要另想出路，不同于过去，以发展经济作为最重要的目标。

> 我们现在再度面临这一事实，即人类居住的地球空间和资源是有限的。为了正视这个事实，身处人类历史的第二个转折点，需要确立全新的生存价值观，共建社会整体系统，不敢说700年，但至少需要花费100年的时间。然而，我认为这是开创新局面并令人雀跃的课题。(《见田宗介访谈历史的巨大转折点》,《朝日新闻》2015年5月19日早报)

如果将见田宗介先生所说的"跨越人类历史的第二个转折点"转换为做好日常小事，也许与迎击紧要关头的决心有相通之处。为此要如何累积各种新想法？如何选择？如何烹调？如何饮食？

希望每一个人都能试着回答这个"令人雀跃的课题"。

第五章

培养仁慈之心

在汤品的
热气中所看到的东西

创立凯罗斯会的目的

最后一章我想传递给大家的是仁慈之心。无论如何磨炼感应力或直觉，如果没有仁慈之心，则无法成就生命。

"仁慈"源自追悼已逝之人，形容忧伤的样子，想必"爱"与"哀"密不可分。

恩师加藤正之先生曾教导我包括汤品在内的法国料理长达 13 年，而我拥有 8 年看护父亲的经验，抱着"分享福分"的心态，我于 1995 年开始教大家如何制作汤品。

迄今为止，我接触了为数众多的学生，为了确保我不在世之后，汤品教室依旧能够正确地存续下去，于是我在 2009 年创立了汤品教室同学会。

这个同学会的名称为"凯罗斯会"。

"凯罗斯"（Kairos）源自希腊语。希腊人以两种方式看待"时"，分别是"可以测量的时间"和"超越测量的质与量的时间"。前者称为"Chronos"，后者称为"Kairos"。"Chronos"是指时间从过去到未来，以一定的速度朝着一定的方向机械式流动；"Kairos"是指时间定格在某一瞬间，属于内在和主观的时间。

也许有人会觉得艰涩难懂。简单来说，名为"Chronos"的时间可以用时钟衡量，每天机械地流动。如果当中发生重要的事情，停住了"Chronos"的流动，这个瞬间就成为无法取代的时间，对我们而言则成为永难忘怀的时间，这就是"Kairos"。

在这个纷扰的世界，平静心灵，为对方着想，用心制作汤品的时间，我认为是"Kairos"。

根据这个场所、这个时间、这个对象，尤其是这个"志向"，孕育出有可能列入"永远"的时间。

我怀抱这样的想法为这个同学会命名。

凯罗斯会的目标和烹饪方法都饱含仁慈之心。就算只是手的一个动作，如果没有仁慈之心，也无法制作出美味的汤品。

不仅是汤品，还希望大家能够思索究竟什么是仁慈，同时也希望大家能够努力表现出仁慈。

我希望通过这个同学会为社会创造并培育出仁慈的风气。

用蔬菜高汤抵抗胃癌

我有一名学生的家人接受了胃癌的手术，大手术过后，这名学生悉心照看着家人。手术切除了大部分的胃，所以病人非常痛苦。她在家人手术后多年这样说道：

"我全靠老师教的蔬菜高汤与疾病战斗。正因为有了这道汤品，我才能够一步也不退缩地面对丈夫的疾病。"

蔬菜高汤是用马铃薯、洋葱、红萝卜、西芹慢慢熬煮而成，是一道慢慢品尝蔬菜滋味的煎汤。我将这些蔬菜加入天然昆布和日本国产原木干香菇、酸梅籽、冲绳的盐、月桂叶、白胡椒粒熬煮。

除了重症病患之外，这道汤也非常适合在酒后饮用，有助于缓解酒精带来的伤害。

第二章介绍了竹内教授所说"感应的'应'是通过具体的行为表现出来"，就如同慢慢熬煮蔬菜高汤——爱伴随的是具体的行为表现，不是口头说爱就能培育爱。

爱存在于人与人"之间"而非"当中"，如果不能随时增添新的柴火，则无法培育爱。

每天的料理是爱的表现，也是仁慈的具体表现。

让生病的孩子喝法式家常浓汤

仁慈的基本在于"深化生命的程度"。

我写过这样的文章：

> 我深信，汤菜和汤品对人从拥有生命开始，直到完成生命为止，有着很大的帮助，尤其有助于善终。我希望这本书有朝一日能为日本的住院餐做出贡献。(《为了你——支撑生命的汤》前言)

愿望只要一直坚持就会成真。经过了 4 年的时间，2006 年，在东京圣路加国际医院细谷亮太医师的支持之下，我终于有机会为儿童医疗大楼提供汤品。

我准备的是"法式家常浓汤"（potage bonne femme），

"bonne femme"代表的是"好女人"。将洋葱、红萝卜、西芹、马铃薯与鸡高汤和牛奶熬煮成一碗浓稠的汤。无论是年幼的孩童或是年长者，都能够温和调理因病衰弱的身体，在人生各种场面都能够保护我们的身体，这样的汤品我称为"万能汤"。

住院的许多孩童都患有严重的疾病。然而，无论是坐在轮椅上的孩子还是挂着点滴的孩子，在我们供餐前都非常雀跃期待，每个孩子脸上的表情都非常生动，并将我们端出的汤品吃得一干二净。我们也请照顾孩子的护士品尝，看到他们的笑容比什么都值得。

提供给住院病患的四种汤品

同样是 2006 年 8 月，我造访了高知。

起因是近森医院副院长北村隆彦医师写给我的一封信。

北村医师在医院工作的朋友罹患重病而没有食欲，据说他就是在这个时候看到我所写的有关汤品的书。他看到书中介绍的"红萝卜浓汤",于是请交好的饭店厨师帮忙制作,他的朋友很开心地喝下这碗汤。北村医师因此来信,希望能够提供我的汤品给住院的病患品尝。

我立刻在高知皇宫饭店大厨田中秀典(当时)的协助之下,制作了四种汤品,分别是红萝卜浓汤、茄子和大麦汤、糙米汤、香菇汤。

想根据住院病患的病情提供适当的汤品,在与医院工作人员商讨之后,决定制作这四种汤品。

四种汤的共通之处是富含锌。锌是提升免疫力、愈合伤口的重要成分,也是维持人类生命不可或缺的成分。锌是体内的微量元素,如果摄取量不足,则会引发味觉异常等令人头痛的症状。

另外,红萝卜浓汤含有丰富的维生素,香菇汤则富含活化身体的钾,最适合伤病者和高龄者食用。

之后,我在田中大厨的帮助下,根据当令季节,为近森医院的住院病患提供不同的汤品。超越营养学的角度,我认为为病患提供美味的汤品,是维护人类尊严的人道行为。如果没有仁慈之心,想必很难做到。

提供给迈向生命终点的人的汤品

两年后，我收到"希望能给接受缓和医疗的病患提供汤品"的邀请。2008 年 9 月，滋贺县彦根市立医院的田村佑树先生成为召集人，号召从事缓和医疗的医护人员学习汤品。这么多的医护相关人员齐聚一堂学习如何制作汤品，这种经历对我来说也是第一次。

一开始，田村先生如此说道：

"我在缓和医疗大楼深刻感受到，如果哪一天病患能进食一口、两口，这对他们而言是多么大的力量。中午一口，晚上一口。如果这一口是老师的'生命汤品'，想必可以在幸福中度过每一天。因为这样的想法才能走到今天。"

神会做出许多不可思议的事。我过去经常许愿"希望为医院提供汤品"，却由于医院的各种规定而无法实现。但圣路加国际医院和近森医院帮助我实现了提供汤品服务的愿望，也因此受到从事缓和医疗的医护相关人员的注意。仅靠人类的安排想必无法实现。

这时，在我介绍糙米汤之前，首先端出三种茶：洋甘菊、问荆、枇杷茶。洋甘菊有助安眠；问荆能抑制皮肤湿疹，据说对花粉症也有帮助；枇杷可以预防感冒和消除疲劳。之后我端出了粥和配菜。

粥也是浓汤的一种。为医院提供汤品时，只要有好的汤或粥等主食，搭配"酸梅酱""鲣鱼松""味噌腌蛋黄"等小菜就足够了。

只要有汤，就可以告别碎食或糊餐膳食。在吃不下任何东西的时候，每天喝四杯糙米汤，再喝一点抹茶就足够。据说十克的抹茶可与百克的绿色蔬菜匹敌，用抹茶代替蔬菜，也可以预防褥疮。

为缓和医疗大楼所提供的流质和半流质食物，可以分成下列五类：

1. 喂水的方式

2. 茶的种类

3. 煎汤的种类

4. 粥的种类

5. 浓稠汤品的种类

煎汤包括糙米汤、香菇汤、蔬菜高汤、第一道高汤、鸡高汤、牛肉高汤、贝类高汤。

粥包括白粥、季节粥、燕麦粥、超级麦片、酒酿。

浓稠汤品包括法式家常浓汤、红萝卜浓汤、青菜浓汤（绿色蔬菜、西洋菜[1]、小芜菁、小松菜）、西芹浓汤、白花椰菜浓汤。

是否能为生病的人准备这些东西，想必取决于有多少的仁慈之心。

最后的一口要吃什么

当时，田村先生说了下面这一段话。

据说有一名病患在癌症末期引发肠阻塞，点滴加入类固醇，拔掉了尿管。病患问道："什么都可以吃吗？"当听到"什么都可以吃"的回答之后，该名病患说道：

1　一般指豆瓣菜。

"我想吃鲫寿司[1]。"田村先生于是真的拿出鲫寿司，该名病患早中晚吃了三次鲫寿司。结果，原本的浮肿消失，也可以排便，甚至身体恢复到可以暂时返家休养。

"食物与生命的关系，真是不可思议。"从事缓和医疗的所有人都如此说道。

就算是吃不下东西的病患，如果面对以往喜爱的食物，也可以吃得下。我们总是会推荐病人吃营养学上认为是好的东西，但这个例子让我重新认识"食物的偏好、味道，是属于个人的领域"。

其他医生也如此说道：

"不能仅从营养的角度来评估食物，食物自身更承担着人们的情感与回忆。"

最后的一口要吃什么？

缓和医疗、安宁疗护大楼里住的是与各种抗癌药剂和手术对抗的病患。取消饮食限制，"什么都可以吃"，大家一开始虽然感到困惑，但渐渐变得**任性**起来。

---

1 鲫鱼腌渍发酵制成的寿司。

饮食是最不受拘束的领域，也因此，照护方能够在饮食方面下功夫，据说照护和接受照护的双方能因此建立起良好的关系。

据说大部分的病患都喜欢重口味的东西。有人想吃拉面，有人想喝卤肉的汤汁，也有人希望直到最后都能喝味噌汤，维持正常的饮食等等。

提供给病患在人生的道路上觉得最"美味"的东西，让他慢慢品尝，我认为这是再好不过的事。即使如此，想必食欲还是会慢慢减退，身体渐渐地不想要食物。这时能够**让生命回头**就是汤品所扮演的角色。

有很多人跟我说，几乎什么都吃不下的人可以喝得下糙米汤。糙米、昆布、酸梅，糙米汤的材料本身就是风土。比起病患本身，细胞更需要这些东西。

细胞所追求的美味是将生命带往更好的方向。我认为终极的美味是让细胞开心的食物。

照护和接受照护的人可以一起品尝美味。共同品尝美味的时间不正是生命的共享吗？

用嘴巴吃代表的意义：从照护第一线看起

川岛绿老师长时间站在照护第一线，曾于 2007 年荣获南丁格尔纪念奖章。我曾有幸与川岛老师对谈，当时老师说道：

> 医学将重点放在营养素和卡路里上，认为什么东西必须摄取多少克才有意义。然而，根据我长久以来的经验，就算营养学上完全没有价值的食物，根据摄取人过去的经历，如果吃进的是对他有意义的食物，那么也会产生巨大的影响……

> 就算是一口汤也好。把食物从嘴巴吃进肚里，这与免疫力有密切的关系。照护不是打针、吃药、做手术，而是让病患发挥自己原有的力量。因此，在提升自然治愈能力这一层意义之下，用自己的嘴巴吃东西是最好的事。（《食与生命》）

现代医学在面对进食困难的重症病患时，大多依靠点滴或"胃造口"。但根据川岛老师所言，最重要的还是"从嘴巴进食"。

在这场对谈中我提到了照护父亲的经验，川岛老师夸奖我"真不简单"。在最开始是因为，我不想给脑中风的父亲仅仅喂食液体，而是希望他能够咀嚼品尝食物的味道。

我会先将父亲扶起身，充分按摩喉咙之后，将切成一口大小的哈密瓜用纱布包起来，让他含在嘴里。父亲露出满足的表情，细细品尝果汁。接下来是牛排，牛肉快速煮熟后滴一点酱油，再用纱布包起来让父亲吃，他非常高兴地用力咀嚼，享受满口的肉汁。用纱布包起来是为了不用担心他会噎到。

正因为我有过这样的经验，所以听到川岛老师说"用自己的嘴巴吃东西是最好的事"，我深有同感。

吃东西是人类之所以是人类的根本活动。

医院会提供糊餐膳食。主食是主食，蔬菜是蔬菜，肉是肉，如果分开打成泥状那还好，但医院的糊餐膳食全部混在一起。也许是因为营养学的计算不变，混在一起效率更高。然而，这样的东西不可能好吃，不好吃的东西就算吃下肚，也无法抚育这个人的生命。

就算是婴儿也知道什么好吃、什么不好吃。就算说不出口，无论在任何情况之下，我认为提供让人容易下咽的美味食品是最大的仁慈。

支撑宫崎一惠生命的东西

在创建凯罗斯会后不久，住在专治汉生病（麻风病）的国立疗养院"长岛爱生园"（冈山县濑户内市）的宫崎一惠女士写了一封信给我。信中写道，数年前她在电视节目中看到我介绍的汤品后，她就持续制作汤品给同样住在疗养院的重病好友品尝。

宫崎女士也出现在由河邑厚德导演制作的纪录片《天的点滴——辰巳芳子的"生命之汤"》中，也许有人看过这部纪绿片。

宫崎女士自从 10 岁住进疗养院起便与好友 Toyo 共同度过每一天，据说 Toyo 因为汉生病的症状扩散至喉咙，在 30 多岁时只能切开气管，插入管状的医疗器具。癌细胞进一步侵入鼻子，到了 70 多岁时已经无法吃固体食物。

宫崎女士以电视节目的食谱为灵感采买蔬菜，用冷冻库里有的鸡翅和昆布熬煮高汤，加入蔬菜煮至软烂后放进果汁机里，加牛奶和奶油制成浓汤让 Toyo 女士品尝。信中写道拿给 Toyo 女士后，她很高兴地喝下。

宫崎女士本身因病截去单边膝盖以下的腿，还失去了手指尖。即使如此，在 78 岁的同年好友病亡的前半年间，她每天都忘我地为好友制作汤品。

希望大家一定要阅读宫崎女士的著作《长路》，尤其《在出生的村庄》这一章，记述了她 10 岁时离开家人前的每一天，读后我受到深深的感动。不知该怎么说，在阅读这个章节时，会变得更怜惜生命，或许能从中找出关于"生"的答案。

在这个章节中，宫崎女士用自然的笔触记述幼年的回忆，她的爷爷奶奶每个季节所准备的美味食物，以及家中自制的酱菜和味噌都仿佛浮现在读者眼前。我们从中也可以知道，这些不仅是她的心灵粮食，更为她创造了强大的生命力。正因为如此，就算在艰难痛苦的时候，她也能够不屈服地活下去。

宫崎女士生命的根基，源自她在 10 岁之前吃的家常饭。我认为如果她对食物漠不关心，恐怕无法忍受各种困难。

希望为将逝之人提供美味的原因

"食"真正的意义不仅在于食物是生命不可或缺的东西，更在于"生物层面的人成为人，或是想要成为人"。

即将逝去的人，他们的生命开始逐渐失去生机。而制作食物的人，他们的生命力会随着做好的食物，传递到即将安息的每个细胞角落，与这些失去生机的细胞成为一体。

我认为这就是为什么我希望为将逝之人提供美味的原因。

我最希望以料理为志向的人和以料理为职业的人能够体会到这一点。我希望你们能够每天带着一颗全新的心，真诚地面对品尝自己料理的人的生命。不是追求稀奇的美味，而是赌上自己的性命守护对方的生命。

"只有生命能够救赎生命。汤品教会了我们这一点。"

爱的希望就在锅中

汤品存在于人类的生存之道中，不是小吃店也不是餐厅，而是存在于家庭的中心。这也是我坚持制作汤品的初心。

请大家想象人类第一次拿到锅子的场景。他们得到锅子，将珍贵的蔬菜、豆子、肉块、骨头、盐放进锅里加热。取出锅中熬煮好的东西品尝，舀起里面的汤汁，等到快吃完的时候再加入新的食材和水，随时加热。年长者喝汤，幼儿吃锅底煮烂的蔬菜。

想必这是汤品最开始的原型，之后不断精进。锅子又厚又重，火力因为是柴火而温和，食材也都是天然的东西，具备了一切让汤品更美味的条件。

无论男女，他们知道只要好好吃东西就能长寿，因此出动全家族张罗与吃相关的事情。

西洋家常料理的蔬菜炖肉锅（pot-au-feu）就与上述类似。"pot-au-feu"在法语中的意思是"放在火上的大锅"。俄罗斯的罗宋汤（barszcz）、西班牙的杂烩肉菜锅（cocido）都是相似的理念。如果与日本的炉端烧对比思考，想必对西洋的汤品也会感到亲切。

请大家在家里的正中央放一口锅子，在同一个屋檐下制作蔬菜炖肉锅、根茎蔬菜汤、关东煮、炖鸡肉等。

爱的希望就在锅中。

幸田文先生"脱帽致敬"的粥茶碗蒸

前一章提到，希望大家在家里烹煮"蒸"的料理。蒸蔬菜搭配香菇汤，希望再加一道蒸蛋料理。

大家知道"无罪的味道"这个说法吗？指的是

"温和、容易接受"的味道。蛋本身就是"无罪的味道",如果将蛋的蛋白质经过蒸这个间接加热的手法处理,可说是最自然"无罪的味道"的代表。这样的味道最适合断奶、重病、过劳的人,能够抚育我们的心灵和身体。

请大家积极学习,无论何时或处于何种情况之下,都要会制作蒸蛋料理。

在寒冷的季节里,我会将热腾腾的茶碗蒸放在木碟上享用。但从初夏开始,可以减少蛋液的量,在茶碗蒸冷却之后,淋上薄芡的葛水或葛羹,或是在充分冷却后淋上清汤享用。

"粥茶碗蒸"一开始是我做给父母享用的夜宵。用陶土锅炊煮而成的粥米粒饱满,味道浓香,先取 3 到 4 大匙铺在茶碗的底部,倒入蛋液后蒸煮。

如此简单的料理却有说不出的好滋味,甚至受到大名鼎鼎的幸田文先生[1]"脱帽致敬"的盛赞。如今回想

1　日本随笔作家、小说家。

起来，想必是因为父母的爱，才有了这道温暖的料理。

这道料理本身代表的就是家庭的珍贵。希望从事服务业或医院营养师的人，有一天也能想出这样的料理。

回答"什么都有"的母亲

之所以能够想出"粥茶碗蒸"，也是因为母亲随时会考虑到父亲。母亲每天在吃午饭时总是绞尽脑汁地想着："今天晚上要做什么给你父亲吃。"在公司上班的父亲回到家看到母亲的第一句话就是："今天晚上吃什么？"母亲不假思索地回答："什么都有。"

当然不可能什么都有，其实这是母亲"什么都愿意做给你吃"的真情表现。在父亲去世前夕，母亲每日前往医院探病，有一天回家后说道："我已用尽全身之力。"母亲是在不经意间说出的这句话。回想自从父亲生病以来，母亲全心奉献照护父亲，"我接下来的工作是让你父亲不害怕死亡"，母亲是以这样的决心过着每天，想必她一直以来都在勉强自己。

全心奉献，就算用尽全身之力也没关系。与父亲这般的男性做伴侣，也许是值得骄傲的事；对父亲而言，与母亲的相遇也像是一场奇迹。

两人互为对方着想的心直到临死之前都不曾减弱。

"人生要简单"的父亲

下面再多说一些关于我父母的事。

父亲和母亲两人是青梅竹马，在经过一场恋爱后结婚，于1924年12月1日生下我。

父亲在早稻田大学是橄榄球和划艇的正式选手，是一名运动员。父亲和母亲住得很近，因此每天都会见面，是互称"芳雄哥哥"和"小滨"的关系。

父亲到隅田川出赛的时候，母亲一定去观赛。我仿佛可以看到母亲追着父亲的船，穿着袴[1]奔跑的样子。父亲将划艇优胜者的奖牌送给母亲，母亲将奖牌做成胸

1　裤装和服的一种，行走较方便。

作者40岁时，与父亲芳雄先生和母亲滨子女士合照

针，珍惜了一辈子。

父亲的座右铭是"人生要简单"。他是一个对于金钱和地位完全没有欲望的人。

父亲毕业后就职于大成建设，年轻时建造了浅草至上野的地铁，这是日本第一条地铁。父亲每次都在说"我去现场看看"之后出门，让我以为父亲在一个叫"现场"的地方工作。

每当有人因为地铁的工程而受伤，父亲当天就不会回家。

另外，当时没有机械和工具，从头到尾都是用手挖掘。过程中经常有人受伤，甚至因此开设了一间外科医院。

父亲是站在第一线的人，他珍惜一起工作的团队，也经常带他们回家品尝母亲亲手做的料理。母亲也在此机缘之下，成为大家熟知的料理研究家，但这并非母亲当初所希望的结果。

我之前也写过，母亲很讨厌被称为"料理研究家"。我记得母亲经常说："我是家庭主妇。家庭主妇是最棒的管理工作。"

姑且不论这一点，对父亲而言，同事是一同赌上性命工作的重要伙伴，无可取代。因此只要一起去居酒屋，父亲一定会请他们喝一杯。

也因为这样，父亲总是没办法将奖金交给母亲。如果母亲问道："没有发奖金吗？"父亲就会回答："地铁建好之前没有奖金。"母亲不安地看了看钱包，也让我感到一阵心酸。

退一步看见的东西

下面谈谈我生病长达 15 年的日子。

战后，我走上幼儿教育的道路。我就职于国立教育研究所的实验保育室，但在那里染上结核病。之后曾恢复健康，进入庆应义塾大学心理学系就读，但入学第一年再度复发，不得不放弃成为学者的道路。这是我 25 岁时发生的事。

之前也提到我是在 40 岁的时候才能下床。从 25 岁到 40 岁期间，原本应该是人生中最充实、能够做最多事的时期。然而，我却被迫无所作为。

说到我这段时期的朋友，那就是书。尤其我反复阅读维克多·弗兰克尔（Viktor Emil Frankl）的《活出生命的意义》。这本书讲述了被迫在奥斯维辛集中营生存的人们，所面临的诸多困难和痛苦，以及如何努力活下去。

弗兰克尔博士从深层心理学的角度观察并理解这样的状况，他对人生的态度鼓励了被疾病束缚的我。

在这样的日子里，我养成深入阅读的习惯。

我原本在大学攻读的实验心理学，涵盖了物理学和生理学，这门研究是将人类视为生物，观察不同的条件会如何影响人类。我也因此养成从客观的角度看待人类的习惯。对这样的我而言，法国生物学家亚历克西·卡雷尔（Alexis Carrel）《未知的人类》让我能够后退一步观察自己，是带给我普遍性见解的重要书籍。

另外，我也在 20 多岁时阅读了卡雷尔的弟子保罗·索夏尔（Paul Chauchard）所著的《道德与生理》。对我而言，当时最大的课题是宽恕他人。仅靠宗教和自我约束还是很难，正当我对自己的不宽容感到烦恼时，遇到了《道德与生理》这本书。

索夏尔在这本书中提到了人类这种生物如何受到环境的影响。无论是谁，如果在相同的环境与条件下出生成长，也许会采取相同的行动，也许会犯下同样的罪。如果是这样的话，就必须宽恕他人，对人的罪过和缺点也因此变得更能容忍。

对自己也一样。如果能够退一步看待自己，就不会成为**陷入旋涡之中的人**。在我对抗疾病时也是一样的，不需要太着急，做好自己必须做的事，慢慢度过每一天。

生病的日子也不全是坏事。正因为有那 15 年我才能活到现在，才能够教大家制作料理和汤品。

无论是喜是悲都让它从眼前经过

92 年间，我经历了各种各样的事。开心的事、悲伤的事，大事、小事，但我从不曾得意忘形或是怨天尤人而失去自我。

一路走来，我都是抱着"从眼前经过"的态度。

我在其他著作中也提到，这也许是血统使然。辰巳家拥有的是武士的血液。

武士之家，就算是女子也不能惊慌失措。每一代都累积这样的训练，充分锻炼我们的身心。在日常生活中也不会松懈，无论发生什么事都能冷静面对。如果做不到，想必无法担当武士之妻或武士之母的大任。因此，生于武士之家的人男女平等，都拥有武士的精神。

也许正因为如此，我无论在何处与何人见面，都不曾在人前畏缩，也不会惊慌失措。在两千人的面前演讲时，事前我都会用心准备，结束之后会感到特别疲惫。然而，我不曾紧张或是脑袋一片空白。

现在自己必须做的事情是什么？我随时都在思考这个问题。做的时候全心全意，仅此而已。我不曾期待受到别人的称赞。

也许有人会认为"从眼前经过"的淡然态度很无趣，但面对总有一天会到来的死亡，从根本做好心理准备，切实做好应该做的事，每一天都认真生活，我认为这是一件非常棒的事。我会这么想，或许也是因为继承了武士的血液。

汤品的另一端

我在汤品教室里经常告诉大家，请成为能够为汤品另一端的人着想的人。我希望大家能够注视汤品热气中蕴含的"仁慈"。

为此，必须镇静心灵。慌慌张张无法做出美味的汤。冷静下来，用平静的心制作汤品。我希望大家用这样的态度，成为能够看到热气另一端的人。

因为想看到心爱之人的笑容而选择当季食材制作汤品和料理。这样的时间比大家想象的更短，在最终之日来临时，我认为这些都是手中握有的、能够留下的东西。

希望大家不要浪费每一天，做到真正的幸福。

当纪录片《天的点滴——辰巳芳子的"生命之汤"》完成时，我写了一段简短的文章给前来的观众。下面引用几句为这本小书作结：

> 所谓生，就是贯彻爱。
> 贯彻爱的人，想要贯彻爱的人，
> 在这样的姿态中，存在着希望。

后记

生命与味觉，两者之间有着密不可分的关系。

看、听、摸、闻、尝，我们为什么会有这五种感觉呢？仔细想想，前面四种感觉也许是为了找到美味的食物，是为了得到美味的食物所做出的准备。这四种感觉是味觉之前的四个步骤。

味觉是为了抚育生命而具备的感觉，是与生命直接相关的"爱的感觉"。

为了抚育生命，我希望大家能够成为过着容易生存生活的人。

这一点我在本书开头就已经提过。

那么，如何能让生存变得容易呢？什么会让生存更容易呢？一言以蔽之：除了"练习"之外别无他法。不充分练习就想蒙混过关，事情可没有这么简单。只有练习才能够拯救人的生命。

　　同样是练习，如果是没有亲力亲为且不用心地练习，那没有任何帮助。另外也需要真正的学习。不是仅撷取浅显的部分，而是深入研究事物的本质。

　　例如米和大豆。关于这两种无法取代的食材，除了掌握其本质之外，更需要重新以谦虚的态度思考，是否应该延续一直以来的饮食方式。尤其是如何才能将大豆这个珍贵的蛋白质留给后世，希望大家能够认真探讨这个问题。

　　根据事物的本质反复练习。一切都是从这里开始。

　　另外，国际情势越来越紧张。接下来水资源不足和粮食不足等不容易生存的状况想必会越来越多。因此，我们更需要做好迎击紧要关头的准备。

　　过去几乎每天都会出现在我们餐桌上的鱼和贝类，最近突然间都捕不到了。想将美味的鱼和贝类留给后世也许是一件困难的事。

　　然而，我们还有米和大豆，同时也有许多为了栽种出优质食材而日夜努力的生产者。

反复练习，掌握食材的本质，在这样的基础上将做出的料理端上桌，母亲会用愉悦的声音告诉大家可以开饭了，孩子们也开心回应。

"来吧，请慢慢享用。"

"开动了！"

我诚挚希望这样的光景能够一直延续下去。

引用·参考文献

- 福冈伸一《已经可以放心吃牛肉了吗》，文春新书，2004 年

- 竹内修一《生命的视角和食的定位》，上智大学基督教文化研究所纪要 30，2012 年

-《向蔬菜学习》，Magazine House，2016 年

- 秋月龙珉《解读道元禅师的典座教训》，筑摩学艺文库，2015 年

- 福冈伸一、竹内修一、辰巳芳子"何谓培育生命之心 2"，《妇人》2009 年 6 月号

- 竹内修一《食与生命》，*Croissant* 创刊 40 周年纪念特大号，2017 年

- 辰巳芳子《辰巳芳子推荐真正值得购买的美味》，料理通信社，1996 年

- 辰巳芳子《为食而活——我认为重要的事》，新潮社，2015 年

- 辰巳滨子《料理岁时记》，中公文库，1977 年

- 辰巳芳子《从手到心》，海龙社，2004 年

- 辰巳滨子、辰巳芳子《新版 我传给女儿的美味》，文春新书，2015 年

- 辰巳芳子《为了你——支撑生命的汤》，文化出版局，2002 年

- 辰巳芳子《续 为了你——粥是日本的浓汤》，文化出版局，2017 年

- 见田宗介《社会学入门——人类和社会的未来》，岩波新书，2006 年

- 辰巳芳子《食的定位——开始》，东京书籍，2008 年

- 辰巳芳子《食与生命》，文艺春秋，2012 年

- 辰巳芳子《辰巳芳子 浅谈汤品——西洋篇》，文春新书，2011 年

- 宫崎一惠《长路》，美笃书房，2012 年

- 维克多·弗兰克尔著，池田香代子译《新版 夜与

雾》(中文版译作《活出生命的意义》),美笃书房,
2002 年

- 亚历克西·卡雷尔著,渡部升一译《未知的人类》,
三笠书房,1980 年
- 保罗·索夏尔著,吉冈修一郎译《道德与生理》,白
水社,1956 年

本书介绍的 3 种汤品和 2 种高汤的材料

● 第一道高汤

材料（容易制作的分量）

水……10 杯（2000ml）

昆布（5cm）……10 片

柴鱼片（鲣鱼）……40g

※ 做法请参照 28—29 页

● 香菇汤

材料（5 人份）

干香菇（日本产原木香菇）……35~40g

昆布（5cm）……3~4 片

日式酸梅籽……2~3 颗（整颗酸梅的话 1 颗）

水……6 杯（1200ml）

※ 做法请参照 54 页

● 糙米汤

材料（容易制作的分量）

糙米（无农药、有机栽培）……80g

昆布（5cm）……2~3 片

日式酸梅……1 颗（酸梅籽的话 3 颗）

水……5 杯（1000ml）

※ 做法请参照 59—64 页

● 小鱼干高汤

材料（容易制作的分量）

小鱼干（磨成粉）……120g

昆布（5cm）……6 片

干香菇（日本产原木香菇）……2 大片（或者 4~5 小片）

水……10 杯（2000ml）

※ 做法请参照 66—70 页

● 大蒜汤

材料（容易制作的分量）

鸡高汤

鸡精（冷冻鸡汤块）……250g

水……1250ml

洋葱（2mm 薄片）……90g

红萝卜（削皮后切成 2mm 圆片）……60g

西芹（斜切成 2mm 小段）……60g

荷兰芹[1] 的茎……适量

月桂叶……1 片

白胡椒粒……4~5 粒

盐……小匙 1 勺半

大蒜（切成 3mm 薄片）……4~5 瓣

橄榄油……适量

新潟县的平押麸（或法国面包切成薄片）……适量

※ 做法请参照 150—151 页

1　即香芹

图书在版编目（CIP）数据

生命与味觉 /（日）辰巳芳子著；陈心慧译 . -- 北京：北京联合出版公司，2021.5

ISBN 978-7-5596-5243-0

Ⅰ . ①生… Ⅱ . ①辰… ②陈… Ⅲ . ①散文集 – 日本 – 现代 Ⅳ . ① I313.65

中国版本图书馆 CIP 数据核字 (2021) 第 070342 号

北京版权局著作权合同登记 图字：01-2021-1876

"INOCHI TO MIKAKU – 'SA MESHIAGARE' 'ITADAKIMASU' "
by YOSHIKO TATSUMI
Copyright © 2017 Tatsumi Yoshiko
All Rights Reserved.
Original Japanese edition published by NHK Publishing, Inc.
This Simplified Chinese Language Edition is published by arrangement with
NHK Publishing, Inc. through East West Culture & Media Co., Ltd., Tokyo

生命与味觉

著　　者　[日]辰巳芳子
译　　者　陈心慧
出 品 人　赵红仕
责任编辑　徐　樟
监　　制　黄　利　万　夏
特约编辑　路思维
营销支持　曹莉丽
版权支持　王秀荣
装帧设计　**紫图装帧**

北京联合出版公司出版
（北京市西城区德外大街 83 号楼 9 层　100088）
艺堂印刷（天津）有限公司印刷　新华书店经销
字数 90 千字　880 毫米 ×1230 毫米　1/32　6.5 印张
2021 年 5 月第 1 版　2021 年 5 月第 1 次印刷
ISBN 978-7-5596-5243-0
定价：55.00 元